本书受以下基金资助：
陕西省社会科学基金项目
西安交通大学人文社会科学学术著作出版基金

叙事学视域下的艾丽丝·门罗小说研究

杨芳 著

西安交通大学出版社
XI'AN JIAOTONG UNIVERSITY PRESS
国家一级出版社
全国百佳图书出版单位

图书在版编目(CIP)数据

叙事学视域下的艾丽丝·门罗小说研究/杨芳著. —西安：西安交通大学出版社，2021.3
ISBN 978-7-5693-2110-4

Ⅰ.①叙… Ⅱ.①杨… Ⅲ.①艾丽丝·门罗-小说研究 Ⅳ.①I711.074

中国版本图书馆 CIP 数据核字(2021)第 029334 号

书　　名 叙事学视域下的艾丽丝·门罗小说研究
著　　者 杨　芳
责任编辑 蔡乐芊
责任校对 侯君英

出版发行 西安交通大学出版社
(西安市兴庆南路 1 号　邮政编码 710048)
网　　址 http://www.xjtupress.com
电　　话 (029)82668357　82667874(发行中心)
(029)82668315(总编办)
传　　真 (029)82668280
印　　刷 西安五星印刷有限公司

开　　本 720 mm×1000 mm　1/16　**印张** 10.5　**字数** 160 千字
版次印次 2021 年 3 月第 1 版　2022 年 5 月第 1 次印刷
书　　号 ISBN 978-7-5693-2110-4
定　　价 96.00 元

读者购书、书店添货或发现印装质量问题，请与本社市场营销中心联系、调换。
订购热线：(029)82665248　(029)82665249
投稿热线：(029)82665371
读者信箱：xjtu_rw@163.com

前言 Preface

加拿大女作家艾丽丝·门罗是2013年诺贝尔文学奖获得者，被称为“当代短篇小说大师”。瑞典文学院常任秘书彼得·恩隆德在颁奖词中高度评价道：“她选择了短篇小说，尽管这种艺术形式常常被误以为比不上长篇，她却将其淬炼至完美。”文学界一般将短篇小说视为作家的练笔，不能像长篇小说一样代表作家的创作本质。可见，门罗能够以短篇小说形式获得诺贝尔文学奖，一个很重要的原因在于她独特的叙事艺术。

门罗短篇小说的叙事特质首先表现为“将人的一生浓缩在复杂的叙事结构中，过去与现在、真实与虚幻、艺术与小说交融”；其次是对女性家庭责任与自我发展冲突的洞悉与呈现。门罗小说的叙事主要聚焦于女性在感情、婚姻、家庭中的生活与成长。她的作品中，最重要的主题为女性灵魂世界的“逃离”与“回归”，或是女性在“循规与逾矩”之间的挣扎与成长，并主要通过“记忆”叙事呈现出来。面对看似平凡的主题内容，门罗借用巧妙的叙事技法，将日常生活中潜藏的暗流涌动，生动地呈现在读者面前，表现出现代人生存状态的普遍性和复杂性。因此，从叙事学的视角切入，对门罗短篇小说的叙事艺术展开深入而细致的文本分析，无疑对深化门罗作品主题的理解具有非常重要的现实意义。

正是基于这一理念，本书从叙事学的角度切入，综合运用叙事学理论，诸如海德格尔、胡塞尔、梅洛·庞蒂的时间观，列维纳斯在其现象学理论中提出的关于对事物的认知，以及从伦理维度提出的责任意识，拉康的精神分析、主体建构理论等，并结合文本细读，对门罗不同时期代表作品独特的叙事技法及其主题表现展开剖析，探索其整体创作中，不同时期的叙事艺术究竟发生了怎样的变化轨迹。本书包括绪论、正文和结论与展望。其中，正文主要包括以下三个部分。

第一部分：早期现实主义自我叙事。自第一部短篇小说集《快乐影子之舞》(1968)到《木星的月亮》(1982)的出版，门罗在该时期的创作多以个人经历为题材来源，采用第一人称视角展开叙事，这段时期可以看作是门罗创作生涯的早期阶段。本部分围绕《乌得勒支的宁静》《红裙子 1946》《女孩和女人们的生活》等早期代表作展开，分析门罗该时期的作品在叙事艺术中突显的现实主义色彩，探索她如何通过"记忆书写"表现人物的身份认同与建构。

第二部分：中期多重记忆叙事的实验与突破。从 1986 年出版的小说集《爱的进程》到《我年轻时的朋友》(1990)、《公开的秘密》(1994)和《好女人的爱情》(1998)，门罗的创作题材和技法渐趋丰富与娴熟。这一时期，门罗小说在叙事艺术上的实验与突破主要体现在：从早期的第一人称视角叙事演变为第一人称与第三人称并用的转换与融合；对隐含叙事者的充分发掘；隐喻、拼贴、留白等后现代叙事手法的运用；主体与内在自我、与他者、与外部环境互动下的多层记忆叙事。可以说，该阶段门罗在叙事艺术上的实验与突破，成功地奠定了门罗短篇小说与世界文学接轨的坚实基础。

第三部分：后期多元的创伤叙事。从 2001 年的小说集《恨、友谊、追求、爱情、婚姻》到 2012 年的封笔之作《亲爱的生活》，门罗在后期创作中注入了多元的创伤元素。与此同时，作品中还表现出回归传统主题的特点——女性情感与家庭主题的重新登场。不过，到创作后期，其创作风格表现为：作家的情感表达更为隐忍和内敛，使作品呈现出深层的暗流涌动，但表面平静如水。凝练的语言更加强化了这一印象和效果。可以说，门罗的创作在这一阶段达到了一种很高的境界，真正体现了在看似平淡如水的表象背后，传达出对生活的深邃洞悉与思考。

回顾门罗的创作生涯及其不同时期作品叙事艺术的演变轨迹，从中不难发现，门罗小说的叙事技法和艺术集中体现在以下三方面：多重时空交织下的记忆书写；矛盾并置和创造留白的、不可靠叙事背后的女性身份探寻；隐喻、拼贴等后现代主义表现技法与自我主体的认知与建构。本书探讨了门罗对叙事真实性与虚构性、自我叙事与历史叙事这两个关键问题的认知和立场。此外，本书还对作家的其他叙事特点和艺术，诸如与莱辛、伍尔夫等其他作家共同探索的母题“逃离”“创伤”等，一并进行了讨论。

门罗短篇小说的叙事艺术，无疑在当今世界文坛独树一帜。本书不仅对其精湛的叙事技法和丰富的叙事主题进行了研究，而且对门罗短篇小说在世界文学史中的地位和价值，一并进行了定位。立足于现实，把握门罗文学中表现的“时代精神”，对我国当代文学的建构具有很大启迪意义。门罗的创作不是浪漫主义的张扬，也不是现代主义的焦虑，而是探索其所在时代的现实主义表现。或者说，门罗文学的创作扎根现实，“所有的心理洞察力和文学技巧都朴实无华，具有很强的真实性”。门罗作为女性作家贴近生活的创作态度、表现主题的真实性，以及批判现实的精神，对我国当代文学的建构具有深远的启迪意义。

目录 Contents

绪 论

加拿大女作家、2013年诺贝尔文学奖获得者艾丽丝·门罗被誉为“当代短篇小说大师”。英国文学评论家考克斯(2014)高度评价道:“门罗的创作将人的一生浓缩在复杂的叙事结构中,过去与现在、真实与虚幻、艺术与小说交融在一起”。该评论突显了门罗短篇小说的叙事特质。门罗短篇小说的另一叙事特质就是对女性家庭责任与自我发展冲突的洞悉与呈现。她说:“我生活的双重选择是婚姻和母亲的责任或者是艺术家的黑暗生活”(周怡,2014)。这一告白既体现了门罗在人生历程中直面的困境,也说明其创作主题与个人成长经历密切相关。门罗出生于加拿大一个小镇的贫困家庭,从小帮助父母操持家务,婚后既要照顾孩子又要坚持文学创作,所以她的主要作品讲述的都是成长、生活在小镇的女主人公努力在新环境(多为大城市)中生存,并不断成熟的心路历程。

门罗小说以其精致的构思、独特的叙事技法受到世界文学界的关注。目前,国外学者多侧重门罗小说的主题研究。国内研究基本上在国外研究成果的基础上前行,仅有部分阶段性叙事学方面的研究成果。而门罗在作品中究竟如何通过“复杂的叙事结构”将“人的一生浓缩”,并栩栩如生地再现出来,进而突显出“过去与现在、真实与虚幻”融为一体的叙事特质?作品的叙事具体在哪些方面有新的“突破”?作品如何透过叙事结构,将作家个人“面对疾病和死亡时的痛苦感受、内心的矛盾冲突和人生选择”融入文本,成为“真正意义上的‘个人’小说”?作家如何通过叙事揭示并构建了20世纪60年代加拿大乡村女性的生存状态?从前期到后期的作品,门罗在叙事艺术上有何变奏?这一系列问题都有待进一步探讨。因此，本书以门罗不同时期的作品作为研究对象，从叙事学视角切入，梳理门罗各阶段文学的叙事特质及其变化，透析门罗文学的整体构图，从而突出门罗文学在世界文学中的重要意义，并试图对我国当代文学的认知与建构有所启示。

国内学界关于门罗小说的叙事特征研究，至今已历经十余年，并取得了一些重要成果：首先是对门罗作品中女性主义叙事特质的研究。段红玉（2014）分析了《乞女》对“灰姑娘叙事模式”的解构。康燕茹（2014）剖析了《逃离》中矛盾并置的女性主义叙事技巧，揭示了小说所表现的女性“渴望逃脱家庭婚姻束缚，更渴望逃离自我，而又始终带着无可奈何、迷茫、惆怅”的心理。其次，对作品中叙事声音与叙事视角的关注。杨金才（2015）在《〈幸福过了头〉：叙述中的错位与记忆》中认为：“作品采用第三人称单数叙述，但叙述的声音是多维的，这种多声部叙事具有对话性文本特征，而门罗通过时空跳跃和省略，把现实、回忆、想象与虚幻缠绕在一起，建构了某种以记忆片段和瞬间为想象基础的精神世界，极大地发挥了文学的记忆潜能。”傅琼（2014）在叙事文体学综合分析框架下，对《逃离》中叙述视角及人物话语行为进行了探究，发现作品通过空间视角、心理视角及意识形态视角建构的多元叙述视角，表现了女主人公在试图摆脱家庭生活的压抑的过程中，所展现的内心及行为的复杂特点。另外，对作品中后现代叙事技法的研究也有涉及。赵晶辉（2015）在解读《爱的进程》时指出：“小说不展开情节，也不塑造人物，解构和颠覆了现实主义小说传统的叙事形式。”他认为作家“在传统的现实主义中加入后现代的维度，以后现代派写作技巧对当前多变的现实生活作出反应，折射出作家寻求恰当的写作形式表达生命复杂样式的努力”。国内学界对门罗小说的叙事研究基本处在对不同时期作品进行文本分析的阶段，也取得了一些可喜的研究成果。但是，对门罗文学叙事特质的整体构图的构建尚存在许多不足和问题。

从国外研究现状来看，英、美和加拿大学界对门罗作品的研究比较深入。但其研究主要集中在叙事主题方面，对门罗文学叙事特质方面的研究相对薄弱，仅有少数阶段性成果。如 Blodgett(1988)分析了门罗小说中的女性叙事视角与解放叙事策略，认为门罗早期作品主要讲述作者记忆中的事件和对生活的印象，叙述视角随着年龄的增长而自然变化。Thacker(2005)指出了《好女人的爱情》中时空倒错的后现代叙事特征。Gerlach(2007)研究了《女孩和女人们的生活》中对加拿大短篇小说叙事传统的突破。Duffy(2015)分析了《熊从山那边来》和《湖景在望》中的记忆与创伤书写，指出门罗通过记忆书写演绎叙事个体记忆选择、家族群体记忆追寻，表现自我独立成长和地域群体认同意识，体现了门罗对人的情感、命运、自由的人文主义精神的关注。Barber(2016)重点关注门罗小说叙事中的象征和隐喻，分析了《逃离》中"雨"的象征意义，其指出："作为一种象征和氛围，雨中弥漫着对由于缺少顾客而难以为继的马术训练场的忧心和夫妇二者在勒索邻居西米维亚之事上的意见不合。"此观点认为夏天连绵不断的"雨季"是用来营造小说中的"一种象征和氛围"。这些研究从不同层面对作品的叙事特质进行了分析，但对于作品中突显的"现实主义"叙事特质以及作品的互文性研究仍存在一定不足，特别是对作家不同时期作品叙事特质的变奏，以及对共时性和历时性的考察，仍有待进一步深入。

基于以上对国内外研究现状的梳理，针对目前学界研究成果中存在的不足与问题，本书旨在通过对门罗作品的叙事研究，揭示门罗文学的叙事特质，突显门罗文学在世界文学中的重要意义，进而启发和推动我国当下文学的建构和发展。本书具体内容包括：在创作技法上，门罗文学创作有哪些独特的叙事特质，其价值何在？门罗文学被认为是充满后现代主义特色的"现实主义"作品，它在文本中有何具体表现？这些叙事特质在门罗不同时期的作品中，又发生了怎样的变奏和创新？门罗作品中表现出的独特的"现实主义特色"对我国当下文学的建构和发展有何启示，对我们深刻地认知现实有何意义？这些问题都将作为本书的视野领域展开深入分析。

本书从叙事学的角度切入，对门罗不同时期代表作的独特叙事技法及其主题表现展开具体分析，逐一探索其艺术表现和变奏，力图对作家的整体创作构图加以全面梳理，进而加以勾勒。全书由绪论、前期、中期和后期作品研究、结论与展望组成，主体部分主要包括以下三部分。

第一部分：早期现实主义自我叙事。从第一部短篇小说集《快乐影子之舞》(1968)到《木星的月亮》(1982)，作家在该时期的作品多以个人经历为创作素材，多采用第一人称视角展开叙事。本部分主要围绕《乌得勒支的宁静》《红裙子 1946》和《女孩和女人们的生活》等早期代表作展开，分析作品叙事中个性鲜明的现实主义色彩，同时，探索作家如何尝试通过记忆书写，表现人物的身份探寻与建构，在此基础上，一并对该时期作品的后现代叙事手法进行了探讨。

第二部分：中期多重记忆叙事的实验与突破。从 1986 年出版小说集《爱的进程》开始，到《我年轻时的朋友》(1990)、《公开的秘密》(1994)和《好女人的爱情》(1998)，门罗的作品题材渐趋多元，创作技法不断娴熟。这一时期，门罗在小说叙事艺术上的突破主要体现在：从早期的第一人称叙事为主演变为第一人称与第三人称交替叙事，技法娴熟而多变；隐喻、拼贴、留白等后现代叙事手法的运用；主体与内在自我、他者和外部环境互动下的多层记忆书写。可以说，门罗在该阶段的不懈努力，为其短篇小说赢得学界认可奠定了坚实基础。

第三部分：后期多元的创伤叙事。从 2001 年的小说集《恨、友谊、追求、爱、婚姻》到 2012 年的封笔之作《亲爱的生活》，门罗在其作品中，大胆注入更加多元的叙事元素。譬如，以男性为主人公和叙事者作品的出现就是一个鲜明的变化。与此同时，门罗在尝试创新的同时，其作品又表现出回归传统主题的特点——回归女性情感的主题叙事。不过，作品中人物的情感表达更为隐忍、内敛，使作品呈现出深层的暗流涌动，突显出表面平静如水的写作风格。特别是洗练的语言，更加强化了这一印象和艺术效果。可以说，门罗在这一阶段的创作达到极高境界：在看似平淡如水的表象背后，传递出对生活的透彻洞悉与思考。

这些叙事特质在作品中的具体表现，可概括为以下四个方面：

第一,"叙事声音"的演变及其艺术效果的变奏。叙事声音的选择是门罗小说的核心问题。门罗早期作品多采用第一人称叙事。那么,门罗作品中的"第一人称叙事"有何特点?比如,考克斯(2004)认为,门罗早期代表短篇《乌得勒支的宁静》中,第一人称叙事的"我"可以解构为"经验自我"和"叙事自我"。这样,就存在着"两个自我"的视角与声音。对于小说叙事者海伦而言,她的"经验自我"所不愿面对的东西,即母亲生病带给她的痛苦、矛盾、羞辱感,正是她自我的形式心理对象,这一对象又受到了"叙事自我"的考察。海伦"叙事自我"和"经验自我"的共存和张力,揭示了其自我主体的内在分裂结构,进而让读者找到了她青少年时期所经历的痛苦以及成年后怀有的理想主义的根源所在。而到了后期,门罗作品多转向以第三人称为视角的叙事。作品中的叙事声音也更多地表现出"对位法"和"多声部"的艺术效果。那么,叙事为何会发生这些变奏,为何会取得这些效果,这对作品的现实主义表现有何意义?

第二,后现代叙事特征。门罗作品中的一些要素表明,门罗在用现实主义表现形式刻画人物形象的同时,也尝试了后现代叙事技法。门罗小说把现在与过去、现实与回忆、陌生与熟悉等对立要素并置在一起,体现了后现代主义叙事的典型特征。任冰(2014)认为,门罗早期作品《乌得勒支的宁静》已经表现出明显的后现代叙事结构特征:文本中倒错的叙事时间模糊了现在与过去、当下感受与过往记忆、现实与想象之间的界限。叙事结尾的开放性使文本呈现一种意义的多重性,使故事充满张力,扩展了想象空间。此外,门罗作品中富有后现代色彩的象征性隐喻,比如《逃离》中的"山羊"意象和《我年轻时的朋友》中母女关系的隐喻,对于表现叙事主体的精神世界至关重要。那么,这些后现代叙事技法在门罗不同时期作品中是如何呈现的,对于表现作品的现实主义精神有何作用?通过对这些问题的研究可以透视门罗小说叙事的独到之处。

第三,个体叙事中的历史性。首先,历史叙事的"身体性"。所谓"身体性”是指叙事并非单纯指作品的形式、技巧和表层的意义，它同时与作家个人的心理、身体、气质和感受性等要素有关。我们在细读小说文本的同时，还应关注作家的经历、记忆和阅读的书籍，进而考察他对文学的认知及其语言特质。目前，学界对于门罗作品的叙事学研究，尚缺乏该层面的历史叙事“身体性”研究。其次，历史学家关注的首要问题是“生”和“现在”。历史叙事的目的是努力挖掘现实中被历史埋没和模糊了的过去，或者是在过去中发现现在，即重新发现过去与现在的纽带和联系，丰富我们把握现在的手段，进而更好地理解自身。门罗作品最重要的叙事特质之一就是将“过去与现在”融为一体，呈现出独特的历史感、民族性和地域性，因此历史叙事研究也是门罗作品叙事研究的关键内容之一。

第四，文本的互文性。门罗作品具有显著的互文性特征。比如《乞女》与莎士比亚的《罗密欧与朱丽叶》、英国画家爱德华·伯恩-琼斯根据文艺复兴前的英格兰传说而作的世界名画《科夫图阿王和乞丐女》，以及萧伯纳的剧本《皮格马利翁》之间存在着明显的关联和互喻。而于门罗的创作而言，最重要的互文性来自和伍尔夫的关联。那么，文本所呈现的互文性有何特点，意义何在？从互文性角度对门罗作品的叙事特质展开研究，将会开辟新的研究领域。

本书的主要关注点有两个：一是叙事的真实性与虚构性。正如亨利·詹姆斯所说：“小说存在的唯一理由是它的确能够与生活竞争”（王卫新，2012）。门罗让文学创作稳稳地落在人们的实际生活这一坚实的土地上，其本质是现实主义的。门罗对现实主义真实性的强调决定了她对自传体叙事模式的高度认可，因为第一人称是获得真实性的有效形式，其本质是对个体生活经历的反思，是个体经验的记录。门罗的很多作品都与她个人的现实生活有直接关系，作品多以第一人称视角讲述人物的过往经历与情感成长，真实与虚幻交融。可以说，叙事的真实性和虚构性是门罗文学创作的一个根本问题。那么，作品怎样将事实与虚构融合在一起，通过虚构想象使叙事者与所产生的事件发生联系？虚构如何能真实地表现现实？个体考察者如何对经验的详细情况进行研究，不再受制于旧时的假想和传统的信念？这些问题一直以来受到学界的关注。因此，重新审视门罗作品叙事的真实性与虚构性，梳理其创作在这一点上的变化是本书研究的重点与难点之一。二是自我叙事与历史叙事的交融。门罗作品讲述的大多是女性叙述者的个人历史，通过主体对现实世界的认知，将个人经历转换为记忆书写。然而，在这种个体的自我叙事中，作品又表现出超越人物个人生活局限、超越个体以及具体时空环境特殊性的特点，体现出具有普遍意义的讯息。此外，门罗后期作品中出现了为数不少的男性主人公和叙事者，文本也更倾向第三人称叙事。这时的创作已经超越了单纯的女性视角，在讲述个人历史中的痛苦与成长，启示个体如何走向希望的同时，透过个体表现出了一个时代人们的共同经验以及心照不宣的情感关联，也透露出民族乃至世界的历史。因此，对于门罗作品中的自我叙事、历史叙事，以及二者的关系研究也是本书研究的重点与难点之一。而且，这对于深入解读门罗作品，更好地认知现实世界具有一定的启示作用。

本书的特色主要体现在：从叙事学视角切入，以叙事学的基本原理为理论基础，综合运用现象学理论，如海德格尔、胡塞尔、梅洛・庞蒂的时间观和列维纳斯在其现象学理论中提出的关于事物的认知以及伦理维度中关于责任意识的相关观点，以及拉康的主体建构理论等相关理论对门罗的具体文本展开剖析，探讨门罗文学独特的叙述视角、人物话语特征和时空转换等叙事特质，梳理其在叙事艺术及其创作思想上变奏，与此同时，对产生这些变化的深层动因加以分析，进而发现门罗在文学艺术表现形式上的特质。门罗以短篇小说创作形式获得诺贝尔文学奖，探讨其如何以短篇小说的形式，讲述生老病死的重大叙事主题，也突显了门罗文学对于世界文学的价值和贡献，具有深远的现实意义。

因此，本书在研究过程中，还将作品置于社会、历史以及世界文学思潮下，考察文本的互文性及其历时性叙事变奏的深层动因，力求在建构门罗文学的整体构图方面有所突破。

第一章　早期现实主义自我叙事

自第一部短篇小说集《快乐影子之舞》(1968)到《木星的月亮》(1982)出版，门罗的创作多以自身经历为素材。比如，《快乐影子之舞》中的小说多以作家的亲身经历为素材，采用第一人称视点讲述人物经历。本章围绕门罗早期代表作《乌得勒支的宁静》《红裙子 1946》《女孩和女人们的生活》，分析门罗该时期作品叙事中鲜明的现实主义色彩以及对后现代叙事手法的初试，同时探索门罗如何通过记忆书写表现女性对身份的探寻。

第一节　真实与想象的交融：《乌得勒支的宁静》中的叙事

在门罗众多的早期短篇小说中，收录于第一部短篇小说集《快乐影子之舞》(1968) 中的《乌得勒支的宁静》，最能代表她早期创作的叙事特质。可以说，门罗早期的这部短篇一举奠定了她未来文学创作的基础和走向(Cox,2004)。可见，对该作品的研究对透析门罗文学的整体构图具有重要意义。

《乌得勒支的宁静》(1959) 诞生于门罗母亲去世后不久，以门罗的亲身经历为素材，是一部带有强烈自我书写特质的小说(周怡,2014)。小说讲述了母亲去世后，主人公海伦的痛苦经历和感受。文本表现了海伦在现实生活中的困境，特别是面对疾病和死亡时的痛苦感受、内心的矛盾冲突、人生选择，以及这些选择对她一生所产生的重要影响。这一创作主题，成为门罗日后作品的一个重要类别，并很快受到文学评论界的高度重视。Duncan(2011)率先指出："该小说是门罗作家生涯的突破。"Albertazzi(2010)认为："该小说是她第一部真正意义上的'个人'

小说。"门罗本人也认为这部小说是她"创作生涯的分水岭":"这是我真正想写的第一部小说,而不再是看看自己适合哪一类创作的试笔"(Munro,2011)。但是,小说的叙事艺术具体在哪些方面有新的突破?小说如何透过叙事结构,将作家个人"面对疾病和死亡时的痛苦感受、内心的矛盾冲突和人生选择"融入文本,完成了具有"分水岭"价值的、"真正意义上的'个人'小说"?本书将围绕以上问题,立足于前人的研究成果,尝试将更加细致的历史语境与文本分析加入相关的讨论中,通过探讨门罗早期代表作《乌得勒支的宁静》的叙事艺术,窥视门罗文学的叙事特质。

一、真实与想象融合的声音叙事:叙事者的自我情感书写

叙事声音的选择是门罗小说的一个核心问题。《乌得勒支的宁静》以叙事者海伦的声音,讲述了她在母亲病逝后回到家中的经历和感受。小说采用口语化的、通俗的语言,充满了回忆的叙事,就像是主人公"我"在给朋友叙述一个过去的故事。热奈特(1986)认为:"第一人称叙事文本可以看作是以'我'的同一性为前提的作者当下性和回顾性叙述视角的往复运动"。该小说的叙事充分体现了这一特点。

小说一开始,主人公海伦就通过"我"的声音讲述了她在母亲去世后回到家乡三个星期的生活和感受。文本中第一人称叙事声音将海伦回到家后的情感和心理表现得淋漓尽致。海伦说自己在母亲家的"这段经历并不愉快",和姐姐"不仅互不关心,内心深处还彼此排斥"(Munro,1983)[194]。对于姐姐与已婚男人弗雷德的交往,海伦表达了强烈的不满:"我如此难过,发现自己希望他们是公开的情人"(Munro,1983)[195]。第一人称叙事声音还传达出母亲生病带给海伦姐妹的痛苦:"仿佛我用学校的假期,用我的朋友,还有,用我的爱情,换来的是阴沉的家庭世界,这里只有永不间断的灾难……我们的骄傲日渐被磨灭,我们一起画讽刺漫画以发泄狂暴的情绪"(Munro,1983)[198]。小说第二部分仍然从"我"的视角出发,主要以对话的形式表现母亲去世后海伦在姨妈家的经历与感受:"我感觉就是被她们控制在一段距离之外"(Munro,

1983)[201]。而听到姨妈谈及母亲去世前从医院逃跑的情景，海伦说："我并不觉得惊讶，只有一种身体上的恐怖感……我觉察到了一种心怀内疚的隐秘疏远"(Munro，1983)[201]。第一人称叙事最大的特点是能够让读者介入叙事者声音所塑造的世界，感受到人物的情感和心理活动，在读者和叙事者之间建立起一种生动的、个人的、密切的联系，反映叙事者思想的变化。该小说中，第一人称叙事手法让读者对母亲生病带给叙事者的痛苦感同身受。此时，"读者在接受和判断上被迫介入的程度增强了，小说不再是观赏型的，而是介入型的"(黄希云，1996)。

王阳(1999)认为："'叙述'一词的词典含义就是被叙述之事不在场，叙述符号是不在场符号，故任一经验自我的当下行为都对应一个叙述自我的事后视角。"第一人称叙事作品中，"我"可以解构为"叙事自我"和"经验自我"。"叙事自我"是在此刻进行追忆的自我，"经验自我"则是经历事件时的那个自我。小说中的两个"我"分别是：孩童时期的海伦，即"经验自我"；长大成人离家后的海伦，即"叙事自我"。因而也存在"两个自我"的视角与声音。而从悖论的角度看，"叙述自我所否定的东西正是经验自我所肯定的东西"(王阳，1999)。对于小说叙事者海伦而言，她的"经验自我"所不愿面对的东西，就是母亲疾病带给她的痛苦、矛盾、羞辱感。这正是她自我的形式心理对象，这一对象又受到了"叙事自我"的考察。这样，海伦"叙事自我"和"经验自我"的共存和张力，揭示了其自我主体的内在分裂结构，进而让读者找到了她青少年时期所经历的痛苦以及成年后怀有的理想主义的根源所在。

从小说的叙事内容中不难发现，叙事者海伦的经历与门罗本人有很大的相似性。门罗的母亲患有严重的帕金森病。她 12 岁时，母亲越来越无法行动，完全依赖女儿做家务，甚至逐渐无法说话，要女儿揣测她的一切意图。门罗高中毕业后离家求学，1951 年嫁给丈夫吉姆，搬到温哥华居住，此后远离原生家庭，很少回安大略省看望父母，母亲去世也没有回家参加葬礼。从门罗一生的创作来看，对于在具体叙事过程中选择第一人称还是第三人称，她本人常常感到困惑。她在不同人称叙事之间挣扎，很多作品两种叙事兼有。对于早期以个人经历为素材的作品，门罗认为第一人称叙事有利于情感的表达。不过，后来她逐渐意识到创作的最终目标是要抓住最深的感情，于是又觉得以第一人称描述个人经历也许并不是最好的选择。由于叙事声音的不确定性，作者声音也存在不确定性。在叙事声音上的选择困难反映出门罗本人对于艺术与生活的关系这一问题的困惑。这表明，现实生活具有不可控性，艺术想象与真实生活之间总是存在冲突。

小说第一人称叙事的文学特质首先表现在文本充满了想象与创造，并与现实保持着一定距离。“叙述者的叙述不是‘事后’的被动型记录，而是‘事前’的创造，叙述行为先于事件并决定事件”(王阳，1999)[20]。因而文本不是如实的记录，不完全是陈述过去的事实，而是充满了想象。比如，叙事者海伦所讲述的母女关系，并不完全是当时的真实情况，很大一部分是她主观选择的回忆。因此，这种叙事具有动态性，不是简单讲述固定静态的过往经历。海伦始终带着冷静回顾母亲。她想象着母亲去世前的痛苦：“她想必哭了，在这座石头房子里苦苦挣扎，挣扎到最后一刻”(Munro，1983)[199]。门罗的描写始终与现实世界保持着一定距离，让读者通过想象与叙事者共同构筑故事。门罗的忠实读者、作家基根说：“门罗的小说总是挑战我看待和想象生活中各种联系的方式。她喜欢用我预期的东西挑战我”(Santos，2002)。

文本第一人称叙事还融合了多种声音，实现了叙事声音的多声部性和丰富性。比如，母亲的声音：“我的一切都被剥夺了”(Munro，1983)[199]。姐姐的声音：“我再也不会要求她像个人样了”(Munro，1983)[199]。女儿看到海伦曾经生活过的房子时，用难以置信的语气说，“这就是你的家”，让海伦感到“一种复杂的失望情绪”(Munro，1983)[199]。姨妈对于海伦不愿意继续穿母亲留下来的衣服感到不满：“你为什么要去买呢？这里有这么多”(Munro，1983)[199]。还有透过主人公海伦发出的小镇上人们的声音：“我从他们的口中听说了她的葬礼，她戴了什么花，那天的天气是什么样的”(Munro，1983)[199]。小说有时还突然由第一人称转入第三人称叙事。叙事者从讲述姐妹关系的不和谐突然转入全知视角，对朱比利小镇的生活展开描绘："朱比利的生活节奏是以天然季节为周期的。死亡发生在冬天，婚礼则在夏天举行"(Munro,1983)[194]。由此展开对于母亲疾病和死亡的回忆。多个声音的表达使文本叙事层次丰富，情感书写得以全面展现。门罗的视野和艺术扎根于家乡。对于家庭历史的记忆证明，她一直以来的作家身份与早期经历分不开，母亲的、父亲的、自己的、来自家乡的各种声音都成了现实生活的叙事者。在《乌得勒支的宁静》中，门罗试图为母亲找到一个声音表达她患病的痛苦，也想要以此弥补她因病而不能说话的缺憾。门罗说："从《乌得勒支的宁静》开始，我只写这一类故事，意味着我认为真实的生活具有深度"(Cox,2004)[23]。这种叙事表明，门罗的文学创作与她的个人生活体验之间存在一种同构，即自我身份探寻与重构中的叙事探索。

二、叙事时间倒错与开放性结尾的后现代叙事结构：叙事者的记忆书写

有研究者认为，门罗的小说是现实主义的，其叙事风格是对事件、场景、地点的忠实再现。穆克吉在《纽约时报》上评论道："门罗在很多方面采用了现实主义小说的叙事策略，深化了现实主义表达"(Santos,2002)[265]。门罗本人也说："我总是需要深入了解我所描写的人物，穿什么衣服，在学校的时候表现如何。我也知道他们的生活，从过去到现在，再到未来"(Santos,2002)[265]。门罗被誉为"当代的契科夫"。她首先是一位现实主义作家，能够关注历史变化，同时注意到个人的日常生活如何受到历史的影响。门罗认为，人们的生活由特定历史时期所塑造。比如，19 世纪晚期，安大略省居民的生活就受到大萧条和战争的影响。20 世纪 60 年代，当地居民又受到了一系列解放运动的影响。门罗出生在加拿大安大略省的一个小农场。小说中小镇朱比利的原型就是门罗的家乡，饱含了她儿时的记忆。门罗说："写作中没有多少能比创作自己的城镇更美好的感觉了，探索它的样子，感觉那里的生活、街道、家家户户的历史，所有的记忆由自己掌握"(Albertazzi,2010)[14]。在

《乌得勒支的宁静》写作的初期阶段，门罗原本打算写长篇小说。不过她说："我创作不了长篇，因为我不会那样思考"(Albertazzi，2010)[14]。因此，她的写作方式可以说是"本能的"。门罗创作"个人"小说是为了创造朱比利这个地方，描绘这里的真实生活。

也有批评家认为，不能简单地把门罗的创作视为现实主义的创作。门罗作品中的一些要素表明，门罗在用现实主义表现形式刻画人物形象的同时，也颠覆了这些叙事策略。约克认为，门罗小说运用了一些摄影理念，把现在与过去、现实与回忆、陌生与熟悉等对立的要素并置在了一起，这是后现代主义叙事的典型特征(Santos，2002)[265]。的确，门罗能够真实地观察并表现现实世界，不过她更知道小说表达间接和交错的重要性。作为门罗的早期作品，《乌得勒支的宁静》已经表现出明显的后现代叙事结构特征：文本中倒错的叙事时间模糊了现在与过去、当下感受与过往记忆、现实与想象之间的界限。叙事结尾的开放性使文本呈现一种意义的多重性。

小说叙事结构主线是海伦讲述母亲去世后自己回到家中的感受，主人公的记忆使过去和现实相互交织缠绕。在此刻的叙述中，回忆源源不断闪现在海伦眼前，似乎任何人、任何事物随时随地都会勾起她的回忆。过去和现在交错，形成了主人公复杂的人生图景，展现出生活的变迁。海伦回到离别了十多年的故乡，"意识到这些年住在海边，自己已经忘记了内陆浩渺无边的炙热，那感觉仿佛头顶着整个燃烧的天空"。(Munro，1983)[194] 对于家乡的人，海伦觉得既熟悉又格格不入。和姐姐参加聚会时，海伦发现"有些女人自打我童年时就认识我"，不过，她还是"觉得孤独……没一会儿就睡着了"，此后"再也没参加过什么聚会"(Munro，1983)[194]。在家整理盥洗柜时，海伦看到抽屉里写着"乌得勒支和平协议，1713 年，结束了西班牙王位抢夺战"的笔记本，感觉"仿佛以往的生活就在我的周围，等待我重新拾起"(Munro，1983)[194]。最后，刚到家时，海伦看到大厅镜子里"一个有习惯性警觉的纤瘦女人，下巴已经不再柔软丰满"，而"上一次我从这面镜子里看到的是一个普普通通的漂亮姑娘，不管身后隐藏了什么惊恐与混乱，她的脸都如苹果一样光滑和麻木”(Munro，1983)[194]。

法国哲学家伯格森说：“人的感觉由无数记忆的要素构成。每一个感觉就是记忆。我们只能感受过去，现在过去无声无息地侵入未来”(Bergson，1996)。小说中过去和现在的时间倒错解构了记忆的整体性。故乡的人、事变化也具有延续性，可以在房屋、街道、楼宇中触碰到往日的印记。不过，这种过去与现在、记忆与体验的时间倒错，更多地展现出现在与过去的反差：与故乡和亲人从亲密到疏离，一去不复返的童年、激情、理想，青春的无奈消逝。门罗说，“回忆就是我们不断向自己讲述自己故事的方式”(Cox，2004)[23]。现在的海伦由过去的经历塑造，受到往日记忆的影响。门罗通过人物记忆的多层叙事将过去和现在的形象交融，透过叙事凸显过去和现在的距离。过去和现在的相互渗透是门罗小说的突出特点，使故事时间上出现断裂。“这种断裂、时序上的跳动、大段的时间空白和叙事者不经意的讲述，使故事充满张力，扩展了想象空间，并且调动读者积极参与文本的创造”(任冰，2014)。这也符合叙事逻辑和人的真实心理感受。各个人物在叙事者的回忆中生动活泼起来，往事历历在目。而回忆、记录个人的历史对于像加拿大这样的后殖民国家尤为重要，它对于身份表达、反映移民和文化的多样性至关重要。

小说的后现代叙事特征还表现在开放性结尾这一叙事结构中。文本最后是姐妹两人的对话。姐姐说：“我要自己的生活。但是，为什么我做不到”(Munro，1983)[210]？姐姐想要开始新生活却又对无能为力，感到矛盾和痛苦。小说就在这种无法解决的现实冲突中戛然而止。姐姐最终将过上什么样的生活？姐妹俩的关系又会怎样发展？所有问题叙事者都没有给出明确的答案。事实上，由于采用了第一人称的有限叙事视角，姐姐的形象始终是透过海伦的视角呈现给读者的，文本始终没有交代姐姐本人的想法，为什么选择留在家里照顾母亲十年？对妹妹离开家到底持怎样的态度？一切仅止于海伦的猜想。小说结尾处，姐姐第一次、也是唯一一次直接表达自己希望过一种全新生活，却又无法实现的无奈。至此，小说叙事仍坚持了开放性，使文本意义充满了多义性。

后现代写作的核心是表达孤独，其特征是意思表达的间接性。门罗的创作将生活中复杂的神秘和未解之谜呈现在读者面前，不公开直接地表达生活。小说叙事形式的开放性，反映了现实的短暂性这一本质。小说的开放性结尾具有典型的后殖民主义特征。“像许多后殖民作家一样，门罗以各种微妙的方式颠覆了帝国语言权威。比如，她曲折而看似离题的叙事、短篇小说写作的碎片化，特别是开放性的、矛盾而又对立统一的叙事结构”(McCaig，2002)[121]。“这种灵活、开放的结尾会产生一种可能性，提出无法想象的问题，或是引起新的主题”(McCaig，2002)[121]。这样，小说结尾是“不宁静”的，无法解决的问题始终存在。这与题目中的“宁静”形成了鲜明反差，体现了现实生活不确定性的后现代特征。

三、主体对立的女性叙事主题：叙事者的命运与成长书写

门罗的小说聚焦女性，能在其中看到她作为一个女性的独特经历。《乌得勒支的宁静》几乎完全是一个女性的世界：“性格暴躁、极度自我、顽固、依赖着女儿的母亲，胆小、做事谨慎、说话诸多遁词的老处女姨妈，共同抵制女性情感化仪式，却又彼此不合的两姐妹”(Sullivan，1984)[592]。门罗在一个女性世界中，通过把矛盾的对立主体并置在一起的叙事形式，通过反差表达她自己的道德价值观。

海伦离家上大学，在遥远的渥太华成家立业，有两个孩子。姐姐三十多岁，留在家中照顾生病的母亲十年，直到母亲去世，没有自己的家庭生活。用海伦的话说，姐姐“孤身一人，除了这座让人沮丧的房子以外，什么也没有”(Munro，1983)[194]。姐姐认为自己交往的已婚男人是“唯一的真朋友”，而海伦认为这是一种“不现实的关系”(Munro，1983)[195]。面对母亲生病的现实，海伦一直在逃避，也因此感到内疚。对于母亲的记忆，总是带着一股胆怯柔弱的怀旧之情，并试图退回优雅

的现实中。而姐姐选择了承担起责任，可这样做的代价是自欺欺人地让自己忘记现实："我觉得，你只能别去想。不要有那些记忆"(Munro，1983)[194]。而事实上，姐姐也想获得自己的人生。海伦知道，姐姐从来不是一个"虔诚的人"，不会"为身患重病的父母放弃自己的一切"，不过"纵然如此，她还是留在了这里"(Munro，1983)[194]。最终，海伦劝姐姐放弃现在的生活，开始新的生活，但姐姐意识到这已经不可能了，因而失声痛哭。到此，门罗透过姐妹二人截然不同的人生选择与生活方式所设置的各种矛盾一目了然。不过，无论哪一种生活方式，都存有缺憾。海伦逃离家庭拯救了自己，却以永远的内疚为代价，姐姐为了照顾母亲，被动放弃了自己的生活，成了生活的牺牲者。

同时，主人公海伦对母亲态度的前后变化也突显了小说中的矛盾并置。海伦早年在家时，对于母亲的疾病总是敷衍，甚至可以说是冷酷无情。"处理她的问题时，剥离一切情绪，就仿佛夺走烦人的肉，削弱她的力量。一直到她死"(Munro，1983)[197]。海伦还觉得母亲病中的表现"让我们忍受毫无必要的羞辱感……让我们羞愧得几乎想要去死"(Munro，1983)[199]。对于当时的生活，她的感觉是绝望："失去了信任的能力，过不了普普通通的家庭生活，没法生活在宁静的现实中"(Munro，1983)[192]。再次回到家中的海伦对母亲的感受和以前完全不同。小镇上的人向她提及母亲，她不再觉得这是"一个双方都心知肚明的狡猾的打击"(Munro，1983)[195]。回到家后，她也开始勇敢地关注母亲病中的精神状态，"让自己听，仿佛以前从未有过勇气倾听"(Munro，1983)[198]。最后，海伦了解到，母亲去世前不愿待在医院，大冬天穿着睡衣跑到街上，姐姐和姨妈却都没有带她回家。此时，她长期压抑着的对于母亲的同情和愧疚喷涌而出。在此，大量矛盾性的语言产生的不和谐语义表明了叙事者对母亲深深的内疚。

在复杂的矛盾冲突中，小说揭示了女性面对现实世界困境时内心的挣扎和道德的两难处境，以及艰难而又必然的人生成长与蜕变。"门罗通过设立矛盾、不和谐，实现了主题的丰富性。她通常是打破线性叙事，让复杂的成年人回忆儿时经历过的新鲜和活力，实现了相对事物的并置。门罗发展了一种对话式的互动，体现了对立事物的辩证关系，这种创造性的摩擦产生了戏剧性的效果”(Sampson，2016)[23]。门罗小说中的叙事主题主要反映不同生活方式之间的冲突，她透过矛盾并置的叙事技法使这一主题得以突显。

门罗本人对于母亲的态度也从年轻时的逃避，转变为母亲去世后想要通过创作回忆、纪念母亲。对于和母亲的关系，门罗有着一种复杂的心理感受：对于没能更好地理解母亲而感到非常内疚，却又还是无法给予她足够的照顾。门罗承认小时候因为自己具有很强的自我意识，与母亲的关系不融洽：“我和母亲有很多冲突，她是个完美主义者。她想让自己的女儿成功，又希望她们保持纯洁。你一直不得不和一个病人斗争，而她从情感上掌控了一切”(Sampson，2016)[23]。而在母亲去世后，门罗“才能回过头来思考与母亲的关系，尽管这种关系是痛苦而深刻的”(Sampson，2016)[23]。同时，小说所表现出的女性的不同人生选择也反映了20世纪五六十年代加拿大女性，特别是乡村地区女性的社会地位与生存环境。全球范围内女性意识萌发于20世纪60年代，当时加拿大国家民族主义兴起，爆发了第二次大规模的妇女运动，目标是消除社会层面的性别歧视。门罗的作品于20世纪60年代开始出版。她的作品根植于加拿大西南部安大略省的呼伦县，她将从未描写过的家乡地貌和社会地理写入了文学地图中。小说所呈现出的女性命运与成长正是当时加拿大乡村地区女性的遭遇与诉求。因此，小说既是个人经历的书写，又是一部“小型社会研究，是一位加拿大作家社会意识的高度体现”(袁霞，2016)。小说是当时加拿大乡村女性生存状态的真实写照，富有重要的时代意义。门罗作为时代书写者的使命与创作也由此开启。

《乌得勒支的宁静》是门罗首次尝试以第一人称回忆性叙事书写个人经历，其自传性的叙事触及了深层现实。第一人称女性叙事者在门罗后来的作品中反复出现，不过人物情感不再那样坦诚，也没有那么强的自我意识了。正是从这篇小说起,门罗找到了自己未来创作的审美取向和创作方法,从练习写小说的阶段逐渐走向了表达情感的阶段。这种自反性的叙事提出了对于小说和现实关系的思考。小说现实与回忆交织的时间倒错、充满不确定性的开放性结尾,打破了短篇小说的经典传统,"于短篇中见长篇"(Albertazzi,2010)[12]。更重要的是,小说透过不同女性的人生境遇书写了人的一生,这种对于女性主体及其家庭关系的表达奠定了门罗此后创作的根基。

小说植根于记忆和想象,是对母亲的一种悼念。"从个人层面来看,门罗在小说中把母亲置于了一个个人的故事中,这成了一种对于母亲的哀思和记忆"(Albertazzi,2010)[8]。门罗一生的文学创作主题都与死亡和失去有关。她在作品不只是将想象植根于某个地方,创造准确性,更是在寻找一种声音来表达自己对于死亡和丧失感的理解,同时传达一种强烈的愿望,希望让过去的时光在漫长的人生中变得重要而有意义。对于门罗而言,她的创作正是一种证明自己在为此不断努力的人生态度或世界观。门罗说过:"我不想生活在悲剧中"(Albertazzi,2010)[12]。尽管她本人没有给出明确的答案,但小说透过人物的命运书写启示我们,面对现实生活中的悲剧与丧失,应该有勇气正视它们,否则等待我们的很可能就是无边的悔恨和内疚。

第二节 生命的探索与成长:《红裙子 1946》中的现实主义叙事特质

艾丽丝·门罗作品的突出特点是其体现出对于现实世界的关注,对于人物心理的刻画,对于日常生活细节化的真实描写,生动再现人们的共同情感(Cox,2003)。当前对门罗作品的叙事研究集中在她中后期作品文本中时空倒错、开放性结尾、不可靠叙事等现代主义及后现代主义叙事手法上,而对作家现实主义创作本质的关注不够。事实上,门罗的作品从本质上来说,始终是现实主义的创作。其作品或表现出 19 世纪现实主义小说如实再现现实的叙事特点,或具有心理现实主义、形式现实主义注重刻画人物心理的特点。这些特质在收录于她首部短篇小说集《快乐影子之舞》的《红裙子 1946》中表现得尤为突出。小说围绕一场中学舞会展开，从一位少女讲述了自己舞会前整日为服装忧心忡忡，舞会开始时没有人请她跳舞的沮丧，到后来有男孩子邀请她跳舞并送她回家的喜悦，以及舞会后内心的满足这一经历和心路历程。其间，还穿插有少女的日常家庭和学校生活，有对母亲的不满，也有对学校课程的厌恶。整篇文本充满浓重的现实生活气息。本书将从线性结构下的个性化叙事、第一人称视角下的心理现实主义叙事、写实与虚构之间的自我叙事三个视角切入，分析作品中的现实主义叙事，揭示作品如何由此表现了个体真实的心理情感与成长经历，如何展现了时代的生活画卷，以及对于认识作家创作精神的意义。

一、线性结构下的个性化叙事

《红裙子 1946》讲述的是身为中学生的女主人公在 1946 年 11 月到 12 月这一段时间里，期待学校舞会、经历舞会、直到舞会结束的整个过程。文本叙事按照传统的线性时间展开，叙事空间只有学校和家庭两个再普通不过的日常场所。在传统的线性叙事结构下，文本对空间场所进行了非常细节化的描写。“学校里真正的事情不是商务课，也不是科学或者英语课，是别的东西给了生活以紧迫感和光彩。湿冷的老教学楼，地下室里摇摇晃晃的墙，黑漆漆的盥洗室，死去的皇室成员和失踪的探险家的照片，充斥着性竞争的紧张兴奋感”（门罗，2013a）[194]。同时，文本对于女主人公在这种特定时空中的经历，特别是学校生活做了生动的刻画。“在学校，我讨厌商务课，因为必须要用一根笔直的笔在纸上画线，画成账簿。我讨厌科学课，我们一个个坐在长凳上，坐在刺眼的灯光下，身后是堆放了陌生的、易碎的仪器的桌子，这课是校长教，他声音冷淡，带着自我欣赏的腔调。我讨厌英语课，因为男生都在教室后头赌博，而那位矮矮胖胖、轻声细语的年轻女老师，在前头微闭双眼朗读华兹华斯的诗歌。她威胁他们，恳求他们，脸都红了，声音简直和我的差不多。他们语带讽刺地道歉，只要她再开始朗读，就摆出痴迷的姿态，一脸狂喜，闭上眼睛，用力拍打自己的胸口。有时候她的眼泪都掉下来了，也无济于事，她只能狂奔到走廊上去。随后，男生们便发出哞哞的叫嚣声，女生们发出渴望的笑声。这种时候的教室总是充满了残酷的狂欢气氛，让软弱、猜疑的人，比如我，陷入恐慌情绪”（门罗，2013a）[194]。

现实主义最初强调的是小说要关注并再现人们的日常社会生活，认为现实生活的基本构成要素是某个人、某件事、某个时间，以及某个地点，小说中的生活也应该如此。这就是个性化叙事。它其中的一切要素应是特定的、特殊的，不能是抽象性和普遍性的，只有如此，小说才能真正地反映生活。可以看出，门罗的作品书写的就是叙述者的个人历史。这样的创作其实质就是现实主义，即由个体考察者对经验的详细情况予以研究，个体不再受缚于“旧时的假想和传统的信念”（殷启平等，2001）[18]。可以说，门罗“将创作对象确定在个体的人所经历的具体事件上，让个体经验成为备受关注的焦点，让文学创作稳稳地落在人们实际的生活世界这一坚实的土地上”（殷启平 等，2001）[18]，其本质是现实主义。门罗对真实性的坚持，表现出她对具体的、特殊性的生活的关注。

此外，小说在讲述女主人公个性化经历的同时，也透过她的视角再现了当时真实的社会生活。首先，是以主人公为代表的年轻一代，特别是女性的困惑与成长。比如，女主人公和女伴之间谈论的话题：“我们做杂志上的问卷，想看看我们有没有个性，会不会受欢迎。我们看文章，看怎么化妆，怎么强调优点，第一次约会怎么对话，要是男孩子过分了该怎么办”（门罗，2013a）[193]。又如，女主人公在舞会上看到的高年级女生：“高年级的学生似乎都是一对一对来的，有些十二年级、十三年级的女生，带来了已经毕业的男朋友，他们已是镇上的商人了。这些年轻男人在体育馆里抽烟，没人能阻止他们，他们是自由的。站在身边的女孩，偶尔把手轻轻地搭在他们男子汉气的衣袖上，表情厌倦、冷淡、迷人”（门罗，2013a）[197]。主人公在舞会上还遇到了一个与众不同的另类女孩。在这个女孩眼中，学校的大多数女孩“这辈子的唯一理想就是和男孩鬼混，她们就是一群白痴”（门罗，2013a）[202]。对于自己的人生，她深知“必须上大学”，但是她的父母没有钱送她上大学，因此她打算自己“打工来解决这个问题，反正要做一个独立的人”（门罗，2013a）[202]。听着她的话，主人公感觉“她和我一样，我们承受了相同的挫败感。她已经开始计划自己要做的事儿”，而“自己明暗的不快时期已然过去了”（门罗，2013a）[102]。除了主人公这一代人，文本还呈现了主人公妈妈那一代人的生活。妈妈曾“步行七英里到镇子里，在一家寄宿公寓找到一份餐桌侍应的工作，才上了高中”（门罗，2013a）[193]。在主人公眼中，她们的生活和思想与自己完全不同。妈妈的经历和故事“一度吸引过我，现在已经变得像情节剧一样，脱离时代，让人厌烦”（门罗，2013a）[193]。

就《红裙子 1946》文本所呈现的那个时代人们的社会生活层面来看，作品表现出了 18 世纪文艺批评家们的普遍主张，即作品所体现的应为超越现实的、抽象的、具有普遍意义的东西，文学创作应该超越事实、个体以及具体的时空环境等特殊性，应该超越创作者的个人生活局限。总体而言，门罗的这部作品通过对具体时空中特定人物与事件的叙述与描写，实现了如恩格斯所说的“如实再现典型环境中的典型人物”（Ross，2002），突出了细节表现的真实性。与此同时，作品写出了人们内心的沉默，讲述了他人想说却无法言说的事情，更透过个体展现了一代人的共同经验与心照不宣的情感关联，彰显出鲜明的现实主义特质。

二、第一人称视角下的心理现实主义叙事

18 世纪英国重要的小说家和文学批评家笛福认为，真实性对于小说创作而言相当必要。第一人称是获得真实性的有效形式，其本质是对个体生活经历的反思，是个体经验的记录（王卫新，2012）[71]。英国小说理论家詹姆斯的视点理论则倡导有限视点和多视点叙述，主张作者尽力退出小说。而第一人称的有限视点叙事由于视点人物的存在，使作者得以隐退，叙述者表现的仅仅是某个人物所看到、听到和感受到的东西，有限视点叙述使得故事的真实性和戏剧性得以突显（王卫新，

2012)[71]。

对于如何实现小说的真实性，伍尔夫认为，着力展现外部世界的现实主义小说已经落伍，因为这类小说展现的并非真正的生活，真正的生活应该是人的内心所接受的无数的印象，而作家的责任就是如实地展现真正的生活，即“一个普通人的心灵在一个普通日子里的经验。心灵接受无数的印象——琐碎的、奇妙的、易逝的或是刻骨铭心的。它们来自各个方面，重点与过去有所不同”(伍尔夫，2003)[127-128]。小说家的任务，就是要把这种变化多端、不可名状、难以言说的内在精神用文字表达出来。现实主义根据写作经验把人物的意识作为衡量人物经历的最终标准，把对人物外部世界的描绘转向对人物内心世界经验的描写。或者说，现实主义强调描写人物内心，而非外部世界。小说的中心是人物的意识。比如，劳伦斯的道德观体现在男女关系的平衡中。其中，本我就是内在的、自身的、原始的本能(王卫新，2012)[71]。《红裙子 1946》通过少女第一人称的讲述，表现的正是主人公内心对于生活的茫然、困惑、不安、期待，对未来不可预知性的孤独无助感。文本由始至终围绕着主人公的内心情感与心理活动展开叙事，将女孩在舞会前、舞会中、舞会后的心理情感变化描写得淋漓尽致。

舞会之前，因为不满意母亲做的裙子，还有在学校总是失败的感觉，女孩不想去参加舞会，甚至尝试了各种方法。开始，她想从自行车上跌下来，扭伤踝关节。后来，又让虚弱的喉咙和支气管暴露在寒冷中(门罗，2013a)[195]。当一切都没能如愿，在她不得已参加舞会的当天，她感到“这一天是一年中最短的一天”，并“热切地希望自己能回到童年的安全中”(门罗，2013a)[195]。到了体育馆参加舞会，一个男孩邀请她跳舞的时候，她觉得“两腿下面空空的，胳膊直哆嗦，讲不出话来”(门罗，2013a)[198]。舞会中，外圈的人经过她身边时，她“甚至不敢看他们，生怕听见没有礼貌的催促”(门罗，2013a)[198]。音乐结束时，“眉毛紧张地挤在一起，样子一定又惊恐又难看”(门罗，2013a)[199]。紧张的同时，她还保留着一分自尊与冷静。在那个男孩很快就放弃了和她跳舞的想法的时候，她想的是："对于梅森的行为，我一不生气，二也并不意外，在学校这个小小的世界里，我接受他的位置，如同接受自己的位置。我明白他也不过是现实的做法。再说，我也不想让更多人看见。我讨厌大家看着我"(门罗，2013a)[198]。不过，这无法掩饰她的伤心失望。"有一个没好衣服穿的可怜姑娘只穿了一件毛线衫配了一条裙子就来参加舞会了，她都被人领走了，越跳越远。为什么选择她，不要我呢？为什么别人都有人请，唯独我没有呢"(门罗，2013a)[198]？接着，她在心里一遍遍地默念："求你，和我跳，求你"(门罗，2013a)[199]。再接下来，是绝望的感觉："我再也不想试了。我只想躲在这里，谁也不要见，自己回家"(门罗，2013a)[200]。而在她打算离开舞会时却遇到了一个与众不同的女孩玛丽，二人交流了一番之后，她绝望的感觉变成了释然："我发现，我不再那么害怕了。现在，我决心再也不管舞会，不等任何人来挑选我，我有自己的计划。我再也不需要微笑，不需要为了好运气打手势。已经没关系了"(门罗，2013a)[203]。可就在她要离开舞会时又有一个男孩邀请她跳舞，随后还送她回家，她想："我跳了舞，有个男孩陪我走回家，还吻了我。这都是真的，我的生活并不坏"(门罗，2013)[204]。甚至她还说："他不知道他是我的救星，他把我从玛丽的世界，带回了普通人的世界"(门罗，2013a)[204]。

传统小说中的现实主义基本上将现实视为一种客观存在，而心理现实主义则相反，它认为现实只是人对经验世界的一种主观体验。两种现实主义都声称追求真实，现实主义要求作品对客观存在的真实再现，而心理现实主义则在认识假设或认识的前提下抹杀了客观世界的真实性，它认定唯有通过人的感悟才能达到本真意义上的真实(盛宁，2011)[149]。乔伊斯认为："所谓顿悟，指的是突然的精神感悟。无论是通俗的言语，还是平庸的手势，或者是一种值得记忆的心境，都可以引发顿悟。而仓库办公室里的那座钟就有可能引发顿悟"(Joyce，1944)。小说中的女主人公在一个个关键时刻，有一种油然而生的心领神会，这些时刻就是乔伊斯所说的精神"顿悟"。这种精神顿悟，不仅构成了小说的高潮,而且还具有深刻的象征意义,小说也因此得到了升华(加洛蒂,1998)。门罗正是从微观的人心折射出了外部世界的真实。

值得注意的是,作家对于人物心理的刻画非常节制,质朴且不过分夸张渲染,叙事含蓄,不动声色,藏而不露,富有情感,而又豁达自在。的确,就叙事方式而言,写个人经历的内心感受时需要非常节制,因为夸大苦难是不真实的,是作者不够坚强成熟的表现。在门罗看来,在经历苦难之后来谈论早年的生活,这时候才是真正理解生活。门罗作品的一大魅力就在于"所有的心理洞察力和文学技巧"都朴实无华,具有很强的真实性。这也正是她现实主义写作风格的本质特征(王卫新,2012)[71]。

三、写实与虚构之间的自我书写

自我叙事是门罗小说创作的一个重要主题。对现实真实性的强调决定了对自传体叙事模式的高度认可(申丹等,2010)。现实主义认为,创作者不可能脱离生活。门罗的很多作品都与她个人的现实生活有直接关系,富有自传性特点。《红裙子 1946》以作家的个人经历为素材,真实与虚幻交融,共同构成了作品叙事的独到之处。

文本中的一个主要人物是母亲,女主人公看到的母亲总是因为生病不注意形象。"妈妈的膝盖嘎嘎作响,还有她重重的呼吸。她对自己咕哝不已。在家里,她既不穿束胸,也不穿长袜;她穿着楔形高跟鞋和短袜,腿上布满一块块蓝绿色血管。我觉得她蹲下来的姿势不知羞耻,甚至伤风败俗"(门罗,2013a)[192]。而对于让同伴看到这样的母亲,主人公常常感到尴尬。"有时候,朗妮和我一起从学校回家,她坐在沙发上看着我试衣服。妈妈轻手轻脚地在我旁边打转,我很尴尬。我试图不停地和朗妮说话,尽量不让她注意到妈妈"(门罗,2013a)[192]。其实,小说中的母亲身上有着门罗母亲的影子。甚至可以说,小说主人公眼中的母亲就是门罗记忆中母亲的形象。门罗的母亲在她 14 岁时罹患帕金森病,从此给她的生活带来了彻底的改变。门罗从母亲生病起就开始承担起家中所有或繁重或琐碎的事务,也开始了她一生身体与精神的逃离与挣扎。

小说中的主人公对于母亲的关心总是感到不满，甚至厌烦。在主人公眼中，妈妈“不是好裁缝。她只是喜欢做东西。不管什么时候，只要可以，她就想省略疏缝和熨平，她可能永远找不到合适她的纸样”(门罗，2013)[191]。妈妈整日忙于为她做舞会的裙子，她却不喜欢。“我顺从地穿上这些衣服，在我尚未了解这个世界的观点的时候，我感觉还挺快乐。现在，我明智多了，我想要的衣服，是像我的朋友朗妮那样，从比尔商店买的衣服”(门罗，2013a)[192]。她甚至因为不满意裙子而要放弃参加舞会。“妈妈正是为此给我做新衣服，也正因为如此，我不打算去了”(门罗，2013a)[194]。她离开家去参加舞会时，妈妈送她和同伴到门口，说“再会”，主人公觉得“这个词从她嘴里说出来显得荒谬又凄凉。她用这个词，让我愤怒，因而没有回答”(门罗，2013a)[197]。不过，参加完舞会回到家后，主人公因为内心的满足对妈妈的感觉也产生了变化：“她坐在那儿，只是为了等我回家，告诉她舞会怎么样。当我看见等待的厨房，看见妈妈褪色的花呢和服，看见她困乏却坚持等待的表情，我就明白了，我有一种不可言说的、沉重的义务，要快乐，我差点就没有尽到义务”(门罗，2013a)[204-205]。这里所表现的母女关系可以说是门罗自己的心声。门罗因为少女时代母亲生病无法做家务，甚至无法说话交流，承受了巨大的生活和精神压力，一心想要早日逃离家庭，过上属于自己的幸福生活。而后来在她远离母亲和家人，成家立业之后，回到家中看望母亲时，却又心生内疚与悔恨。可以说，门罗一生都没有摆脱母亲和家庭带给她的影响。这些都是她作品中的重要内容。

真实性和虚构性是门罗文学创作的一个根本问题。正如英国文学评论家考克斯的评论：“门罗的创作将人的一生浓缩在复杂的叙事结构中，过去与现在、真实与虚幻、艺术与小说交融在一起”(Cox，2004)[12]。其实，对于真实性的强调，与对生活和小说之间关系的思考有关。创作者不可能脱离生活，因而会在作品中真实地表现自己在现实中的困境和对生活的茫然。世界中有很多让人难以理解的地方。为了深刻理解过去事件的意义，叙事者需要对它们进行再讲述，再创造，让读者通过情感投射的方式重新经历这些相同的事件。读者凭借自身的理解能力，根据作品所反映的真实进行思考，然后获得自己对于世界的认识。可以说，事实必须首先与虚构融合在一起。只有这样的虚构想象才能使叙事者与所产时的事件发生联系。或者说，小说表现的不一定是事实，但却是在真实地表现现实。正如亨利·詹姆斯所说："小说存在的唯一理由是它的确能够与生活竞争。"因此，门罗的作品既不完全是真实的，也不完全是虚构的。正因为这样，它们才有其独特的魅力。

《红裙子 1946》以作家的亲身经历为素材，采用传统线性叙事结构，以第一人称视角，通过对场景和人物经历的细节化描写和对人物心理深入的刻画，揭示了现代社会人们的生活状态和共同情感。这些要素相互联系，共同突显出门罗文学的现实主义创作特质。同时，小说中的现实主义叙事并非传统意义上再现真实的现实主义，而是真实与虚构的融合。结构主义诗学认为："小说就是内化了我们这个社会的意义系统的文化符号，小说中呈现的意义系统就是我们所处社会意义系统的对应物，仅此而已，无须再论"(伍尔夫，2003)[156]。作为现实主义大师，门罗的创作不是浪漫主义的张扬，也不是现代主义的焦虑，而是以探索和斗争为其所在时代的现实主义特征，使人与自然、人与外在现实之间的关系成为真正意义上的探索与斗争的关系。作品正是通过主体对现实世界的认知，将个人经历转换为记忆书写，表现作家对于世界中让人难以理解的地方的解读，同时表现时代的社会生活状况和人们的共同情感，通过个人历史中的痛苦与成长启示个体，以及一代又一代人如何走向希望。

第三节　记忆叙事与自我身份建构：以《女孩和女人们的生活》为中心

记忆的主体构成、他者性和自我身份认同一直是门罗小说中值得讨论的重要问题。对于自我的关注使得突出的人物性格和心理刻画成为门罗叙事的突出特质之一。从早期创作开始，门罗就常常将作品中的人物置于个体与群体的动态冲突之中，即作为外来者的人物和家庭、小镇等环境之间的互动，其作品也多将人物与环境、现代都市与狭隘乡村之间冲突性的叙事结构表现为“回家”等主题。正是在这样的结构中，门罗通过个体记忆多层叙事中过去与现在的意象交织，建构起人物的身份。比如，门罗小说很多都涉及“母亲”这一人物形象的塑造。母亲成了记忆的源泉，个体也置身于这一关系之中。门罗小说正是通过多重记忆建立的叙事时空，描摹普通人的心理状态，阐发对自我、文化身份等问题的深入思考。

在门罗笔下，记忆多伴随着想象，在交织的时空中产生新的意义，展开一幅记忆世界的画卷。当前针对门罗小说中的记忆叙事，多注重从主题出发讨论作家叙事技法的独特性，或者关注其作品中记忆的表现形态，进而揭示记忆与文学、历史、心理、伦理等范畴的内在关联。可以说，现有研究多围绕门罗记忆叙事的特定手法展开，涉及其多层记忆书写与主体身份建构关系的探讨仍不多。在门罗的代表作《女孩和女人们的生活》中，可以看到其中展现的记忆世界和作品中的记忆叙事艺术，小说也揭示了作家如何以此表现人类现实生活困境与命运，以及主体探寻与重构身份这一重要主题。

因此，本节将着重考察门罗早期代表作中个体记忆、自我认知、记忆的历史性与主体身份建构的关系，借用记忆叙事理论，分析门罗在《女孩和女人们的生活》中的记忆叙事特点及叙事方式在人物身份塑造和主题表达方面的作用。特别是在记忆的文本空间中，门罗展现了小说主人公在时空中的旅程、在社会空间中的成长和体验，刻画了加拿大女性自我审视、自我反思的心路历程，从而深刻地反映了社会问题和精神危机。

一、记忆与自我

“作为个体的人的自我存在标志是有记忆，即记忆把过去之‘我’与现在之‘我’连接起来，构成一个稳固的自我。记忆的中断、丧失则意味着自我意识的断裂、丧失”（张德明，2001）[52]。“拥有记忆，是每个作为有意义的存在的人都必须具有的权利和责任。关心记忆，不是清算历史，也不是重造神话，而是在历史的深处找寻过去、现在和未来的联结。阅读和回忆，为对历史进行重新自我审视提供了一面镜子，也为社会寻求历史的连续性、共同归属与身份认同呈现着某种参照”（张德明，2001）[52]。

门罗的记忆书写正是如此。《女孩和女人们的生活》讲述的首先是主人公的创伤经历。书写具有记忆文本的功能，是对历史的重构。同时，“历史问题其实是心理问题。记住历史但不可以追究”（翁冰莹等，2017），也就是“用叙事记忆理解事件发生的意义”（程锡麟，2012）。门罗小说中所讲述的创伤记忆，就是对过去的一种追忆和悼念，其指向则是走出创伤，重建生活的信心。

综观《女孩和女人们的生活》，人物经历的痛苦是创伤书写的核心内容。受创后的主人公尝试从创伤中走出。门罗注重的不是讲述故事的情节，而是借用现代主义意识流的创作技法、拼贴式的叙事结构，表现叙事者的创伤经历对自身的影响以及自我身份的重建。在门罗笔下，女主人公讲述自身的创伤经历，其实正是一种对于自我身份的认知，作家也以此对认识自身有所启示。可以说，门罗站在历史的高度见证了人类的创伤，表现了作者对个体命运的思考及人文情怀。

与此同时，想象与记忆构成了门罗文学创作中，特别是创伤书写中的两个至关重要的因素。“写作是属于当下的。它以记忆为素材，却不囿于事实本身，反而经由想象加工，创造出一个只属于作家本人的世界。随着年岁增长，作者得以通过书写记忆，愈发深入地走进自我的内心世界，逐渐挖掘出深藏内心的作品。但基于某种语言文字的文本世界毕竟不同于现实世界。二者虽密不可分，作者却时刻捕捉着记忆背后个体的、不同于现实的生命体验，并通过文本将之表达出来。由此，文学创作才得以构建出一个与现实中的此刻并行的、想象中的现在，使之成为作者栖居的完美之所”（莱齐奥，2016）。

莫迪亚诺曾说：“普鲁斯特的回忆让过去在最细微的细节中重现，就像一幅活生生的画。我感觉在今天，记忆远不如它自身那么确定。

我们只能捕捉到一些过去的碎片、断裂的痕迹，飞逝的、不可捉摸的人类命运”(Martin,1987)。门罗也是如此，采用想象的手法展开时空转换下的记忆书写，由此体现人物的存在与命运，借此探讨个体的身份问题。

回忆是门罗创作的重要源泉，而写作则是作家探寻内心世界的一种方式。从首部小说集《快乐影子之舞》开始，门罗“似乎就一直在错位中写作，或先于现实，或迟于现实，就像是怀着未来的回忆在写”(莱齐奥,2016)。门罗在文学创作中所追求的境界即为“文字带来的，不可预见，属于梦，属于幻觉的部分。她在书页间守候着逃逸而出的一切，它们或一跃向前，或躲闪一边。这些正是我们可以称之为想象的东西”(莱齐奥,2016)。

二、第一人称自我记忆叙事中的时间与意象隐喻

本节选取的门罗代表作——小说集《女孩和女人们的生活》由一位叙事者讲述，与传统长篇小说的结构相似。其中的作品具有门罗小说的共同特征，即都有一位回忆性的叙事者，作品都刻画了女性面对个人经历，特别是痛苦与创伤时的心理活动及自我成长。她们的讲述呈现出曾经年轻、天真的观察者、现在的被叙述者与作为成人讲述者之间的冲突。讲述者既是故事的参与者，又与其保持着距离。在门罗笔下，短篇小说这一创作形式也有超越长篇小说传统叙事结构之处：冲突更加集中、突出。

小说集《女孩和女人们的生活》围绕女主人公的八个相关故事，讲述了女孩的成长过程，即如何成长为一个被误判的成人，同时关注女性的敏感。这些作品中的故事都发生在20世纪四五十年代加拿大安大略省乡间的小镇上。主人公讲述了她生活中的重要人物——她的母亲。母亲作为一位受过良好教育的女性，想要找到方式表达她的愿望。此外，还有叔叔、邻居、朋友、爱人等众多人物。小说借此审视了社会建构下性别歧视的深度，即年轻女性受到亲戚、邻居、学校的朋友、体制化的宗教以及文化与社会的影响。马丁认为小说集表现了“主人公社会、

性别、情感、认知的成长和成熟化”(Martin,1987)[67]。

小说集中的八个文本总体按照时间顺序,讲述主人公,即叙事者多年的成长,每个故事有一个主题,主要是讲对往事的“顿悟”和过去的细节。不过,这种顺序在叙事者越来越强的自我反思中受到了挑战。她不断塑造着自我身份,通过理想化和想象,不断反抗母亲和家庭中、社会中的其他女性。比如,主人公内心不停纠结着对死亡的认识,在面对叔叔的葬礼时,她想要在宗教中寻找答案。小说集讲述女主人公童年和其他人的联系,展现了其人生探索,这也是门罗小说的一贯主题。

和他者的互动之后是过去和现在的不断联系。女主人公以第一人称视角讲述自己的故事,想要建立起记忆和身份的联系,这是一个很难令她满意的艰难过程。这些人际关系中蕴含的问题构成了门罗小说的核心冲突。这种内在的冲突特别表现在叔叔去世后,两个妹妹让女主人公完成一件艰难的任务,即让她承诺继续叔叔的毕生事业——讲述当地历史。多年来,叔叔一直在写小镇和自己家庭之间的关系。女主人公对此却不信任、不接受,持保留态度,自我反思,暗暗地对抗这一自己不想做的事情。

叔叔一直记录的家族历史揭示了过去和现在的关系,以及作为叙事者对此的态度。多年后女主人公才发现,她小时候无法拒绝,其实也记录着家族无聊的历史。不过她很快就忘记了这一切,并从家族历史的压力下解放出来,同时也把自己从传统赋予她的特定身份中释放出来,从自己的生命中移除出去。

主人公不愿意继承叔叔的事业,也可以看作是她想要脱离自己复杂的成长环境。通过文本中讲述的很多事件,似乎可以看到日常生活中互不相关的细节,有时甚至因为不重要而变得模糊。主人公解构了自己的身份,使自身实体,以及小说中其他人物的生平,解体为更小的部分。她的讲述时间跨度很长,以成人的特定视角反思青少年时期。在这一过程中,过去成为不同经历的编织。门罗始终未在作品中讲述主人公成年后的生活,只是暗示一些可能性,比如成为作家。童年的经历促使自我意识产生。来自经验的顿悟，通常是学到的经验，也会对自身的身份形成起到作用。

门罗的很多作品，特别是早期作品，多以个人经历为素材，而中后期的很多创作也源于身边的或是报刊上读到过的真实事件，因此真实与虚构的关系问题是她创作的重要方面。在门罗的作品中，记忆叙事常常是自我身份确立的过程。茨威格也认为："记忆本身就已经主动练习了所有的创作功能：选出基本的、加强和淡化、有组织地编排。借助记忆这种创造性的想象力，每个描述者也就不由自主地在事实上成了他生活的创造者"（莱齐奥，2016）。

小说集中塑造的首先是女主人公这一人物形象。门罗在这一人物身上注入了自己的经历。门罗自年轻时起就十分喜欢写作，想要追求成功。小说女主人公也说："我追求的是荣耀，走在诸伯利大街上像流亡者或者侦探一样，不清楚名誉会从何方降临，或者何时，只是从骨子里深信它一定会来"（门罗，2013b）[168]。

小说中最重要的回忆是女主人公讲述的母亲以及母女关系。书中母亲的形象有着门罗母亲的影子。小说开头就说，母亲是"不会错过任何东西的"（门罗，2013b）[167]。"她是怎么搜集到关于未来的令人不安的信息呢？她期待将来像诸伯利这样的城市会被水泥的蘑菇式柱子和屋顶代替；移动的航线带你从一个城市到另一个城市；乡间永远地被条条交错的宽阔公路覆盖。没有任何东西和我们今天一样，没有炒锅、发夹、印刷的书页或自来水笔。""都是用机器清雪了。人们或许会住在温度可控的透明屋顶下，不再会有季节的变化了"（门罗，2013b）[168]。

母亲曾经也满怀人生理想。在主人公女儿眼中，"母亲曾经和我一样确信（骨子里深信名誉一定会来），但是现在我不再和她谈论这个了；她轻率，她的期望太庸俗，太明显"（门罗，2013b）[168]。在女儿眼中，"母亲在与生活的斗争中形成了敏锐、精明、果断、挑剔的特质""重视人们在世界上的经验，接触任何知识和文化背景的人，以及最终在诸伯利引起怀疑的任何建议"（门罗，2013b）[169]。

《女孩和女人们的生活》可以看作是女主人公的自传。小说中写道:“我已经不读原来喜欢的那些书了,《克里斯汀·拉弗兰斯达忒》和历史小说。我现在读现代的书了。萨摩赛特·毛姆,南希·米特福德”(门罗,2013b)[201]。这就是女主人公对她自童年以来的经历与成长的回忆与自我书写。小说以第一人称“我”的叙事视角建构叙事结构。作为叙事者的年轻女孩不断在回忆者和被动的观察者之间转换。她在过去中行动,却在当下讲述。她看到的是成人的世界,有家人,有生活的小镇。门罗作品刻画的正是女性在面对复杂人生经历过程中的心理,关注个人和社会之间的动态冲突及其对人一生的影响。作品中的自我与家庭、与童年的环境在心理和地域上都保持着距离,这在门罗的许多作品中都成了转折,特别是在叙事者解读世界意义的时候。而这些作品中偶尔出现的全知视角是主人公认知自身身份,理解日后生活中各种不幸和失败的来源。在门罗看来,童年是一个个性形成的阶段,主人公所看到的、选择的都成为帮助身份形成的基本经验。门罗笔下的人物在一系列过去和现在的关系中形成、构建身份。他们发现理解身份的过程和个体记忆多层叙事中的过去与现在的形象紧密相关,这在很大程度上源于门罗写作的自传性特质。

因此,《女孩和女人们的生活》可以看作是女主人公个人自传式的讲述。小说集中的叙事展现出对于时间这一要素的关注。事实上,“此在”是时间意识的自我。在《女孩和女人们的生活》中,女主人公现在感到的悲哀产生于对一些评价过、判断过的事物的认识。过去、现在、未来在门罗的笔下融为一体。“当下的片刻感受会立刻把过去送到现在,而从未来描写生命的历程,又把未来引到过去。这一切都是对时间的追忆和自我重构。‘我’的情感在过去、现在、未来的时间整体中实现了贯通”(邹容,2016)[52]。“历史提供了类比的机会,回忆本身就是这种机会。回忆本身就是一种类比和判断”(邹容,2016)[54]。

此外,门罗作品中多用意象隐喻表现主题。《女孩和女人们的生活》中的记忆书写也借用了“照片”等意象的隐喻。“在我们的记忆中,诸如档案、国旗、图书馆、字典、博物馆、庆典以及纪念日等作为承载着意义的事物，具有重要的象征意义，诺拉将它们定义为‘记忆场’”(朴玉，2012)[87]。《女孩与女人们的生活》是一部关于记忆主体“我”追忆过去的小说。“记忆让女主人公回到了过去，并使她与自己的现在联系起来。通过这种建构起来的过去她可以进一步认识自我。她加入新的圈子，意味着从一个群体进入到另一个群体，即有可能和新的群体成员建立新的共同记忆。她将自己置于原来群体的外部，对原本的记忆进行思考，并有意识地将过去的记忆和现在联系起来”(朴玉，2012)[87]。

“照片”这一意象在门罗作品中多次出现。照片作为记忆的重要载体，被称为“带有记忆的镜子”(朴玉，2012)[89]。而“装入相册中的照片，不仅记载了人生历程中的重要节点，连接起来实际上就是完整的人生印记”(朴玉，2012)[89]。女主人公正是以这样的方式重建了对于过去的理解：“一段记忆终将消逝于另一段记忆之后，只有将每一段记忆与它之后的经历和现实联系起来的时候，这些记忆才具有意义”(朴玉，2012)[89]。在记忆中她也在审视自我：“人生历程如照片所示，旧的记忆终将翻页，一个新的自我将蜕变于旧日自我”(朴玉，2012)[89]。

个人记忆离不开记忆主体，因为个人记忆从根本上来说就是对自我的审视或是建构一定的身份。“阿斯曼认为，无论从个人层面和集体层面，记忆具有能让我们形成对自我(身份)的意识的功能。因此，个人身份的形成有时始于我们所讲述的关于自己的故事。我们可能把这类故事讲给别人听，但是，首先我们要不停地以个人回忆或者‘自传性记忆’的形式讲给我们自己听。正是在这种交流中，记忆主体不断审视自我，反思自我”(王成军，2002)。《女孩和女人们的生活》中的八个故事可以说都是关于记忆的讲述，是女主人公对过往生活经历的回忆。在模糊而又被重建了的记忆中，主人公反思和审视了自我身份这一重要问题。

门罗在作品中用记忆讲述了最不可捉摸的人类命运。米兰·昆德拉曾说：“忘，这是人的一个重大的个人问题，自我丧失似的死亡。但这个自我是什么呢？它是我们所记得的一切的总和。因此，我们对死亡感到恐惧的不是丧失未来，而是丧失过去。遗忘是与生俱来的死亡形式”(昆德拉，1993)。这表明了认知过往对于自我身份确认的必要性。莫迪亚诺在《暗店街》中说：“生活中重要的不是未来，而是过去”(姜海佳 等，2015)[53]。他甚至被一些评论家认为是“针对遗忘写作的小说家”(姜海佳 等，2015)[53]。因此，“他笔下的人物总是不知疲倦地寻找身份，希望通过寻回过去确认自我”(姜海佳 等，2015)[53]。从早期《女孩和女人们的生活》到中期《留存的记忆》，再到后期的《亚孟森》，门罗很多篇小说讲述的都是活在当下的人如何固执地完成一次回忆，即“生存、不断更新的现在与回忆的过去之间的关系”。在此，门罗展现了与莫迪亚诺类似的对“记忆与遗忘”这两个与时间相关方面的认识，即记忆和遗忘一样，作品一方面“因其给过去带来某种现实性”而关注记忆，另一方面也“因其竭力要摆脱记忆”而关注遗忘(姜海佳等，2015)[53]。门罗的作品就是如此透过记忆书写表现人物身份和命运的。

第四节　从《女孩和女人们的生活》看门罗与伍尔夫创作的互文性

门罗的创作以短篇小说的形式展示了小说形式的可能性，作品主题涉及两性关系、身份形成等现实生活问题。不过，其现实主义作家的身份背后也表现出现代性和后现代性的创作特点。这种现代性、后现代性特点可以通过互文性和心理分析理论进行分析和解释。门罗的创作受到一些女性作家的影响，包括勃朗特姐妹、薇拉·凯瑟、弗兰纳里·奥康纳、玛格丽特·劳伦斯等，伍尔夫是其中最重要的一位。本节通过门罗代表作分析门罗与伍尔夫创作的互文性。

一、“洞穴”的隐喻

“洞穴”的概念最早可追溯到柏拉图。1923 年 8 月 30 日伍尔夫在日记中说，她在寻找一种适合女性的长篇小说形式，其中提到了“洞穴”。10 月，她又写到自己一直在讲述回忆。卢伯克认为：“伍尔夫提出的‘洞穴’概念意在反对阶层制的文学批评传统，同时，反对把写作简化为一种可以习得的技能。”此外，在《阁楼上的疯女人》中，伍尔夫也写道：“女性艺术家进入自我思想的‘洞穴’之中”(McCaig,2002)。

“洞穴”也反复出现在门罗的作品中。在收录于小说集《逃离》的《激情》中，第一次见到追求者莫利同母异父的哥哥尼尔时，主人公格蕾丝借用了《墓畔挽歌》中的诗句“深不可测的大海洞穴”形容尼尔的深邃思想。在小说《深洞》中，既有小说故事发生的场所——真正的山洞，也有孩子内心正在形成的黑洞。这里的“洞穴”与他国文学中的一些“洞穴”概念类似。比如，在日本作家安部公房和大江健三郎的作品中就有“洞穴”这一意象，隐喻人生的陷落与困境。在《女孩和女人们的生活》的最后，门罗笔下的女主人公讲述的结局部分也出现了“洞穴”的表达：“人们的生活是乏味的、简单的、神奇的，也是莫测高深的——铺着油抹布的厨房仿佛是深不可测的洞穴。”在此，门罗用“洞穴”隐喻女性的人生和深不可测的人性。可以说，这一隐喻是女性文学的传统。由此也可见，门罗小说中的形象与伍尔夫的日记存在着显著的互文性。伍尔夫受到乔伊斯和普鲁斯特的影响，而门罗自己也明确表示，她在创作《女孩和女人们的生活》时受到普鲁斯特的影响。

“洞穴”的概念其实与空间密切相关。福柯认为：“19 世纪以后的空间图式的核心在于，一个空间地点只有在同别的空间地点发生关系的过程中才能恰当地定位。将单个的空间定位于关系领域中，并将空间的意义置放在这种关系中，这就是现代城市结构部署的一个独特特征”(王炳钧,2006)[78]。而现代时空其实是一种“异质的时空”，即“时间不是线性的，空间也不是方位的拓展，而是一种与人的生命状态、精神体验、文化历史甚至宗教观念紧密相关的复杂织体”(王炳钧,2006)[79]。

空间还和身份认同相关。“福柯发现，历史想象、历史反思以及历史书写的传统总是被给予了过分的特权，以至于剥夺了空间感受、空间想象以及空间建构的同等权利。打破历史主义的专制权力，敞开空间想象，首先必须在空间-历史-社会三维之间再度实现平衡。福柯以谱系学展开的生命权力空间，就是一个充满了差异和断裂的空间。空间既是上层建筑中各种社会关系的综合体现，又是各种社会关系发展的前提”（王炳钧，2006）[79]。门罗和伍尔夫的“洞穴”概念是对空间的重构，也是扩展空间的愿望。从本质上说，这是主体个体对独立与自由的渴望。

母女关系是门罗创作的重要内容之一。伍尔夫在她著名的《一间自己的房间》中，用“洞穴”这一表达描述过女儿对母亲印记的追寻：“我们是通过我们的母亲来思考的”（王丽丽，2003）[41]。“在千百年父权主义统治的社会，妇女没有自己的历史，更没有文学传统可寻，就像失去母亲的女儿。妇女作家们不得不在菲勒斯-逻各斯意识占主导地位的历史缝隙中寻找失落和被遮蔽的历史母亲的印迹，在人迹罕至的‘洞穴’中搜寻文学母亲遗留的衣物碎片”（王丽丽，2003）[41]。事实上，进入自我思想的“洞穴”就始于记忆的过程，不断被忘却、瓦解。因此，从“洞穴”的隐喻中可以看出，门罗和伍尔夫的创作具有相似点：一方面，“她们笔下的主人公好比柏拉图‘洞穴理论’中的囚徒，光源的剥夺使她们难以察觉‘阴影’的虚假，也就难以意识到当前”（McCaig，2002）；另一方面，她们又在记忆中不断探寻“洞穴”的出口。

二、“创伤记忆”书写

门罗小说多讲述主人公的创伤经历，讲述女主人公以独特的女性方式塑造自己成为艺术家的努力尝试，以及主人公记忆并庆祝女性叙事的传统。在《女孩与女人们的生活》中，女主人公常常回忆起从姨妈到法瑞斯小姐等众多女性，以及她们的故事。女主人公对女性叙事传统的兴趣还表现在她喜欢读勃朗特的《盖斯凯尔夫人》。

创伤书写也是伍尔夫重要的写作特征。在《达洛卫夫人》中，“伍尔夫将作品的主题聚焦于创伤，书写现代人的精神危机和战争带来的创伤感。作品通过书写人物的创伤经历及未能治愈创伤的原因，在书写历史、表征创伤、警醒公众关注创伤及其治疗方面展现出重要的现实意义”（李伟，2014）[140]。门罗几乎所有作品都在书写人生中的伤痛与失去，无论疾病、死亡、谋杀，还是情感的瓦解、爱人的失去、婚姻的破裂、家庭中潜藏的矛盾与压抑，都在表现曾经的创伤经历对人物持久而深重的生命影响。《女孩与女人们的生活》的主题可以说正是一种深刻的创伤书写。

两位作家都在创伤书写中探寻对于两性关系的认知与理解。曾有评论者这样看待莱辛与伍尔夫的创作关系："伍尔夫把'双性同体'作为自己创作的最高理想，试图在形式上通过意识流的手法表达自己消除两性界限，达到精神上融合的境界。然而表面形式的融合下面却涌动着不和谐的暗流。与伍尔夫不同的是，莱辛把它作为探索的主题，试图通过分裂的形式再现人们现实生活中渴望融合的心理真实。在现实的绝望中，映现着理想的光芒"（王丽丽，2003）[41]。而门罗的两性关系观更接近于伍尔夫的两性精神之融合，不过她并非女权主义者，追求的是男女和谐共处的理想。

罗伯塔·鲁本斯坦认为，莱辛和伍尔夫作品的一个共同关注点就是"怀旧"："怀旧的中心部分，也是莱辛和伍尔夫的联系中心点，是一种通过对过去饱含深情的回忆而保存下来的理想和对和谐世界的渴望"（王丽丽，2003）[42]。"而琳达·斯各特则把它归结为'这两位作家都想通过把'自我表征'和'自传'的文本当作'自我'发现的疗伤方法，以去除过去的不快'"（王丽丽，2003）[42]。记忆也是门罗创作最重要的主题之一，在这一点上，她的创伤书写与伍尔夫的作品一样，都有着莱辛般的"怀旧"特质。

三、意识流与顿悟

美国心理学家威廉·詹姆斯首先提出了"意识流"的概念。一直以来，伍尔夫和福克纳、乔伊斯一起被文学评论者们认为是现代主义艺术的创造者，也是英国现代主义意识流小说的代言人。伍尔夫的作品常常以多声部叙述、空间转换的记忆激活等叙事策略展开。多声部叙述即叙述者以第三人称视角进行叙述，但是由于个体身处不同环境，家族记忆与叙述者的亲眼所见便交织在一起，形成了多声部的叙述片段。多声部叙事"把历史的真实事件提升至超越时代的文学经典，为不同时代的读者提供了不断认识和发掘文本可阐释空间的可能”(邹萍，2018)。门罗的创作借鉴了伍尔夫的多声部叙事和意识流手法，以心理现实主义为突出特征，关注人物的心理感受和内心情感刻画，因此她的很多作品，如《办公室》《激情》中，都运用了意识流的表现手法。

“顿悟”(epiphany)这一概念可以说源于伍尔夫的创作。1916年伍尔夫出版了《顿悟时刻》。伍尔夫认同乔伊斯的看法，认为加引号是“一种突如其来的心领神会……唯有一个片段，却包含生活的全部意义”。法国文学批评家莫洛亚也评价普鲁斯特“善使一刹那显示永恒”。在《达洛卫夫人》中，“克拉丽莎听到赛普蒂默斯自尽的信息时，思绪万千”(李伟，2014)[140]。门罗作品中的主人公往往也都有着“顿悟”：《女孩和女人们的生活》中少女一瞬间的成长、突然的觉醒、瞬间冲动下的逃离；《红裙子 1946》中女孩第一次参加舞会，似乎一瞬间明确生活的目标，却又反复摇摆不定；《科莉》中女主人公突然发现自己多年来受到欺骗，表面上却又看似云淡风轻；《亚孟森》中青年女教师被抛弃后有了片刻的觉醒，却又在多年后偶遇当年的心上人时内心波澜起伏。可以说，门罗小说中的很多女性主人公仿佛都是在短短的一段时间里完成了成长和觉醒。而这同作家本人对生活的认识有关。门罗认为，生活中的一切都是不确定的，她的作品中充满了改变了叙事进程和人物命运的意外事件。

第二章　中期多层记忆叙事的实验与突破

自1986年出版的小说集《爱的进程》，到《我年轻时的朋友》(1990)、《公开的秘密》(1994)，再到《好女人的爱情》(1998)，门罗的创作元素和手法日渐丰富。作家在长期坚持尝试多种叙事手法的过程中也逐渐实现了作品题材、内容、表现力的转变与突破。这一时期，门罗在小说叙事上的突破主要体现在：从早期的第一人称叙事发展为第一人称与第三人称全知视角的娴熟转换融合、隐喻、拼贴、留白等后现代叙事手法的运用，以及多层记忆书写。可以说，该阶段的努力与成果奠定了门罗短篇小说创作备受肯定的坚实基础。

第一节　《苔藓》中的“错位”书写

《苔藓》是加拿大诺贝尔获奖女作家艾丽丝·门罗创作生涯中期第五部小说集《爱的进程》中的一个短篇。小说讲述了中年男子大卫带着女友凯瑟琳去乡间拜访前妻斯泰拉的故事。尽管文本中故事发生的时间仅短短几天，空间也只设置在斯泰拉生活的乡村小镇，该小说仍因其蕴含的深刻意义和丰富意象被学界视为门罗的代表性作品之一。学界普遍认为，该作品“意义充满了复杂的不确定性，表现出女性面对情感问题时的脆弱心理与弱势地位”。但从文本所呈现的人物关系不难看出，小说女性弱势地位背后所隐藏的是纷繁复杂的人物情感与心理。既有女性的纠结与困惑也有男性的矛盾与挣扎，更应关注的是女性隐忍坚守背后宽容与接受的人生态度，以及自我救赎的努力和对未来的美好希望。因此，本书通过分析小说叙事三个层面的错位关系，即他者与自我的关系、自我欺骗、差异冲突下的情感与理性，揭示人物在错位关系下的真实情感与复杂心理,以及对于爱的信念和坚守。

一、他者欺骗与自我接受之间的"错位"

"自我"是叙事心理学中的一个重要概念。叙事心理学认为,叙事者讲述的故事反映了个体心理发展与变化的过程,"自我"正是在述说故事的过程中得以存在。"他者"是一个相对于"自我"的概念,指"自我以外的一切人与事物。凡是外在于自我的存在不管以什么形式出现,可看见还是不可看见,可感知还是不可感知,都可以被称为他者"(张剑,2011)。可以说,就小说文本内部系统而论,"他者"指与主体相对的文本他者,即与主人公构成隐性对位的其他小说人物。亨利·詹姆斯的视点理论认为:"文学作品中的不同人物仿佛都在透过一面独特的窗户观察同一场景,视点的不同造成景致的差异,进而赋予文学作品不同的含义"(王卫新 等,2011)[234]。《苔藓》最突出的叙事特点之一即为叙事视角的转换。文本有时用全知外视角呈现故事发生的环境与场景,有时转为视点人物内视角,透过人物的眼睛看待彼此,使读者对人物的个性和生长环境有更深的了解,并从中形成自己的评判。这样,小说的主人公不再固定为某一个特定的人物,文本中的人物在叙事进程中的某个阶段分别成为作为主人公的"自我"。而当以某一个视点人物作为"自我"看待其他人物的时候,其他人物对于这个"自我"而言即为"他者"。

《苔藓》讲述的主要是男女主人公大卫和斯泰拉两个人物之间的关系。当斯泰拉作为"自我"审视大卫的时候,大卫即成为"他者"。大卫的出轨与背叛是他们两性关系中的一个主要方面。面对他者的欺骗,斯泰拉选择了自我接受与宽容。二者之间形成了文本的第一层错位关系。

小说女主人公斯泰拉人到中年,与丈夫大卫结婚二十一年,分居八年,原因是丈夫不断出轨。婚后七八年,大卫在一次社区聚会上第一次出轨。当时的大卫看到妻子"端着一锅炖菜,穿了一条夏裙,走过草坪。一头秀发在阳光中闪耀,赤裸的肩膀晒得黝黑,嚷嚷着跟邻居打招呼。

她带来的食物美味无比，而且她不光带来了吃的，还带来了人们所期待的邻里聚会的气氛。她用强大的社交魅力，把所有人都吸引到身边"（门罗，2013c）[65]。那时，大卫觉得自己如此动容，他在心里对自己说："你妻子真是个妙人儿啊"（门罗，2013c）[65]。可就在那一刻，"他正用光脚逗弄一个住在附近的有夫之妇的冰冷、棕色、剃过毛、粗糙的小腿肚子。一个深色头发，没有孩子，没完没了地抽烟的女人，始终保持着令人心猿意马的沉默"（门罗，2013c）[66]。在那之后，大卫不断出轨，最终提出和斯泰拉分居。

面对丈夫的长期欺骗与背叛，斯泰拉选择了原谅，并希望丈夫有朝一日重新回到自己身边。丈夫提出分居时，斯泰拉仍想继续婚姻："我们在一起这么久了，就不能设法熬到头吗"（门罗，2013c）[60]？分居后，斯泰拉仍然把大卫当作丈夫，日常言行中也总是流露出这样的情愫。大卫带新女友凯瑟琳看她时，斯泰拉和他商量刷房子，还对凯瑟琳说："听听，他好像还是我丈夫似的"（门罗，2013c）[50]。他们一起去村子里买酒碰到熟人罗恩和玛丽，罗恩问大卫什么时候退休加入他们，这让大卫怀疑斯泰拉有没有说过他们已经分居。斯泰拉还打扮自己来讨好大卫。"我得洗个澡，然后穿件鲜艳点的衣服。我有两套新的夏季套装，一套是火红色的，另一套是绿松石色的。可以混着搭配它们。反正不管怎么穿，看起来都挺抢眼。不是为了爹地，他现在完全瞎了。不过我想其他人会喜欢的，看到我穿件粉红啊蓝色啊什么的，他们会像看到个气球一样开心起来呢"（门罗，2013c）[50]。可以说，她一再容忍丈夫的欺骗，甚至还为丈夫保管别的女人的隐私照片。面对大卫的背叛，斯泰拉为何选择原谅，或者说，大卫的欺骗与斯泰拉的宽容接受这一错位背后的原因是什么呢？从文本来看，斯泰拉的宽容接受并不只是软弱的妥协，还有更为复杂的原因。对此，《苔藓》一方面从大卫的心理视角进行了揭示："这个白发苍苍，和他肩并肩穿过护理中心的女人一路拖曳着如此沉重的分量——里面不仅有他的性秘密，还有他夜半时分对上帝的思考，因为精神压力导致的胸痛，他的消化不良，他的逃跑计划。他的所有普通和非凡的生活似乎都为她所掌控着。在一个知道这么多的女人身边,永远不可能有什么轻松,不可能有什么隐秘、舒展可言。她因为洞悉一切而洋洋自得”(门罗,2013c)[67]。此时,成为“自我”的大卫的心声可能是对这一错位的一种解释。另一方面,小说还借助另一个“他者”的眼光看待这种错位的关系。在岳父眼中,大卫“始终是个正在学习如何成为男子汉的家伙,某个有可能永远也学不会,永远都无法达到那种坚定沉着、稳重含蓄境界的人。大卫这家伙,读小说,不懂股票,喜欢撩女人,而且起初只是个教书匠”(门罗,2013c)[63]。多个人物对这种错位的解读使文本充满了意义的不确定性。

可以看出,门罗借用叙事的错位形式巧妙地刻画了主体构建过程中“自我”与“他者”的冲突,呈现出分裂、矛盾的主体景象。在门罗小说中,与他者交往的情感经历常常成为人物成长或转变的关键契机,小说正是“通过人物对他者的体验、抉择,以及人物之间的交流、竞争来塑造自己”(龙瑞翠,2014)。小说采用的视角转换叙事技法使得“他者”打破了主客体界限,人物之间的相互作用有时使“自我”成为他者意识支配的对象。这种“自我”与“他者”的相互对望构成了生活的主题,同时也成为《苔藓》的根本主题。

二、自我欺骗下的“错位”

关于“自我”,人文主义认为存在着一个像自由意志和自我决定之类的所谓稳定的“自我”。弗洛伊德认为这种“自我”概念是一种空想,进而提出了“无意识”的概念,希望将无意识的内容带入意识之中。在拉康看来,“自我”不可能取代无意识,或者完全揭露控制它,“自我”只是一个无意识本身的产物。可以说,弗洛伊德关注的是人怎样形成无意识和超我,而拉康却强调人怎样获得自我的幻象,或者说怎样自我欺骗(姜小卫,2007)。叙事心理学认为,叙事中往往存在着叙事自我对经验自我的欺骗。对于《苔藓》中的主人公们来说,这种欺骗,或者说,这种无意识与有意识冲突下的自我构成了一种错位,形成了人物内心的冲突。《苔藓》中的各个人物都在内心无意识的真实情感与外在有意识的表现之间的错位，即自我欺骗下的挣扎生活。

首先，女主人公斯泰拉对丈夫的背叛抛弃感到愤怒，不过却时时压抑，佯装平静。文本中多处描写斯泰拉对于丈夫的愤怒和蔑视。大卫对女性常常加以简单而庸俗的物化。当听到他说："你知道，女人身上会发出一种气息，一旦知道你再也不想要她们的时候就会散发出来。一种陈腐的气息"(门罗，2013c)[49]。斯泰拉沉默着，却拼命"拍打着手中的猪肉"(门罗，2013c)[49]。可这种态度是压抑的、隐忍的。大卫谈论新女友时，他的声音在斯泰拉听来尤其做作，带有一种刻意的、残忍的甜蜜。不过她又想："他想对谁残忍呢——斯泰拉、凯瑟琳、那个女孩、他本人？可是哪里轮得到她来评价大卫怎样是做作，怎样不是呢"(门罗，2013c)[52]？最后，斯泰拉叹了口气，只是没料到比预想得更大声，更恼怒。她放下削了一半的苹果，走到起居室，朝窗外看去。对于内心的不满、愤怒、伤感，斯泰拉选择了隐忍。

事实上，面对丈夫的背叛抛弃，斯泰拉始终在积极通过各种方式消解内心的痛苦。她经常不停地回想以前和丈夫在一起的美好时光，时而会下意识地想起丈夫早些时候唱的一首歌谣，还会不由自主地唱几个字："未来如何尚无法预料！"还常常回想他们相识的场景。斯泰拉经常说，她和大卫在大学里因为唱古典牧歌而相识："大卫是个瘦瘦的纯洁小伙子，有纯净甜美的男高音，我是个敦厚粗野的小姑娘，有响亮深沉的女低音。对此他毫无选择。缘分呐"(门罗，2013c)[48]。对于大卫常常演唱的歌曲她也印象深刻："哦，我的情人啊，你要去往何方？哦，不要走，再忍忍，真正的爱人就要到来。"她甚至觉得大卫直到今天仍未失去优美的男高音。

大卫给她看新情人私处的照片时，其实她一下子就知道是什么了，却佯装无事，淡淡地说："是苔藓"(门罗，2013c)[51]。一周后，她又一次仔细打量照片："一手抓着抹布，站着打量它。天气真好。窗户开着，她的房子秩序井然，赏心悦目，炉子上炖着一锅美味鱼汤。她看到照片上那团黑色毛发已经变成灰色，一种蓝灰色，或者绿灰色。胸部的轮廓线已经褪掉。你再也看不出腿是腿了。黑色变成灰色，变成植物柔和、干燥的色泽，这植物神奇地从岩石上得到滋养。这就是大卫干的好事。他把它留在这里，暴露在阳光下”(门罗，2013c)[68]。

伍尔夫认为：“男性一般通过转喻的方式理解现实，即通过现实再现式的特征来重塑经验现实中的具体事件，女性则多通过隐喻的方式把握现实，以象征性、非再现式的手法来诗意地表达对世界的整体印象”(李娟，2004)[24]。斯泰拉最初用苔藓这一无生命的事物看待照片中的人，这表明她对于自己不愿接受的事物的精神逃避与自我安慰。而最终她能够淡然面对照片，仿佛它的影响越来越小，这又表明斯泰拉在自我欺骗中逐渐获得情感的成长，并对未来的生活充满信念和希望。这种隐喻的叙事手法对故事的意义有着关键作用，赋予文本深刻的含义。

此外，内心痛苦与外表平静之间的错位不仅体现在斯泰拉身上，对于小说中的另一个女主人公、大卫的新女友凯瑟琳而言同样存在。大卫带凯瑟琳去看斯泰拉时，已经又有了别的女人，并打算抛弃她。凯瑟琳感觉到了这一切，内心十分痛苦，可是在大卫面前却表现得若无其事。晚饭后，大卫说他要散步。凯瑟琳请他随意，并轻松地说：“去吧，我们这里不需要你。没有你，斯泰拉和我会相处得很好呢”(门罗，2013c)[54]。似乎“层层叠叠的柔弱的歉意，犹犹疑疑的谄媚、畏缩或者希冀，全都一下子被这阵轻快的化学之风刮得无影无踪”(门罗，2013c)[54]。不过，凯瑟琳站起身试图清理桌子时，很明显这种利索仅限于精神层面。她像截肢的人一样，撞到了厨房台面的一个角上。背着大卫，凯瑟琳向斯泰拉吐露了心声：“我觉得我生活中要有变化了。我爱大卫，但我淹没在这爱中太久了。我在下头的时候看着波浪，数了起来，‘他爱我，他不爱我。’我经常那么做。然后我想，嗯，波浪是没有尽头的，和雏菊花瓣可不一样。我想着，波浪永远、永远都不会有尽头”(门罗，2013c)[55]。

可以看出，两位女主人公因为爱着大卫，即使受伤也都选择了妥协宽容。两个不同主体对于他者的反应如此相同。“如果把生命比作一叶孤舟，把生活比作大海，那么，自我本质就是一座灯塔”。门罗小说中的主人公们“在生活的海洋中迷失了方向，为了寻找引航的明灯，他们开始了艰辛的探索，试图找到真正的自我本质，以便达到自我的实现，获得生存的价值与意义”（苏晖，1995）[39]。而门罗的这段描写对于读者而言似曾相识。就像海明威在《白象般的群山》中的表现手法一样：“这场简单而寻常的对话好像在这里从世界初创之日起就等着有无数对男女去说，而与他们的个人心理无任何关系”（昆德拉，1993）[116]。不确定却又包罗万象，这就是门罗小说的意蕴。

三、差异冲突下情感与理性之间的“错位”

伍尔夫提出了一种基于叙事心理学的认识：“男性理解讲述现实的方式通常是孤立、理性、实证的，认为生活是变化短暂、稍纵即逝的，而女性的认知和诉说方式是整体、诗意的，注重对世界精神层面的关怀，相信现实的点滴终能汇成永恒的整体”（李娟，2004）[24]。在面对情感时，男性可能是冲动而理性的，而女性则多是忍耐的、坚持的。《苔藓》中，大卫和斯泰拉的人生与情感态度之间存在着巨大差异，在这种差异与冲突背后存在着情感与理性之间深深的错位。首先，是二人截然不同的出身背景和生活方式。大卫是一个被斯泰拉家人称为“来自不同背景”的城市男孩。对于斯泰拉爸爸为夏季避暑在俯瞰休伦湖的白垩岩上造的房子“避暑小屋”，大卫第一次看到时很是吃惊，因为他对于夏季避暑地毫无概念。在他看来，“它毫无这一叫法所暗示的那种松木虬曲的风韵、遮风挡雨的温馨”（门罗，2013c）[39]。对于斯泰拉种植的黑莓灌木丛，大卫觉得“它们该被清空烧掉才对。那样就有地方停车了”（门罗，2013c）[42]。此外，大卫终日无所事事，寻找刺激。当地人罗恩让他“早点退休，摆脱所有那些束缚，那种成天跌爬滚打，挣钱花钱的日子”（门罗，2013c）[46] 时，大卫说：“嗯，我不在其中，我只是个公务员。我们用纳税人的钱，然后尽量啥事都不干”（门罗，2013c）[46]。而斯泰拉的好友，以前身为公务员的玛丽说：“我们通常管自己叫大蟒蛇！公务蛇。

公务员”(门罗,2013c)[46]。

与大卫相反,斯泰拉过着一种积极的生活。她勤劳自立,分居后一个人努力过着丰富的生活。她告诉凯瑟琳,分居后自己“已经做了差不多有五百万罐果酱了,把它们灌进有那种艺术兮兮的方格棉布盖儿的小罐子,送给所有邻居”(门罗,2013c)[41]。除了做果酱,斯泰拉还写回忆录,给历史学会和本地报纸写文章,差不多算是崭露头角的女作家了。除了历史学会,她还加入了戏剧阅读小组、教堂合唱团、制酒人俱乐部,以及一个非正式团体,其成员每周举行晚餐聚会,互相做伴。她的朋友五花八门:“退休到此的人们,在重新装修的农场房子里,或者安装了过冬设施的夏季小屋里安下家;背景各异的年轻人们,接手了土生土长的农夫再也不想要了的岩石嶙峋的老农场。还有一个本地的牙医及其朋友,是同性恋”(门罗,2013c)[42]。

更重要的是,面对情感,大卫和斯泰拉表现出截然相反的态度,这是他们关系冲突的根源。在这种矛盾对立的态度背后则是欲望与理性之间的错位。大卫要的不是爱情,而是本能欲望的满足。在他身上存在一种永远无法解决的悖论:知道激情的结果是平淡,却还是不断追求新的对象;明明知道最后会抛弃,还是要追求;对新对象看似充满真诚的激情,心底却非常蔑视。他开始向斯泰拉描述凯瑟琳时说她是个有点超凡脱俗的人,后来却说自己都不记得说过什么了,忘了是怎么形容她的。还说:“她弄得我想伤害她。她用眼泪汪汪的样子缠住我。有时候我想,最好的做法或许就是给她来个迎头痛击”(门罗,2013c)[50]。有了新情人之后,对于凯瑟琳,他更是“连想都不愿想”(门罗,2013c)[50]。

大卫对新情人蒂娜的态度,更表现了追求女人时的兴奋和预料中的厌倦之间的错位。给蒂娜打电话时,他“手指颤抖,掌心冒汗。腿、腹部和胸部都充满一种蠢蠢欲动的感觉。电话在蒂娜那间挤挤挨挨的公寓里响起第一声铃,这让他的五脏六腑都沸腾起来”(门罗,2013c)[58]。晚餐时,他兴致勃勃地与斯泰拉和凯瑟琳聊天,手指却一直在木餐桌底部描着蒂娜的名字。可与此同时,大卫知道“蒂娜并非真的那样狂野、贪婪或者堕落。再过十年，她也不会被她疯狂的生活毁掉，也不会变成什么迷人的婊子。她只会变成个在洗衣店里被孩子们缠着的妇人"(门罗，2013c)[61]。他知道，"蒂娜的伪装一旦破裂了，就像凯瑟琳的那样，那他迟早不得不再换人。无论如何，那对他来说都是迟早的事——再换个人。他对这一切心知肚明，冷眼旁观着自己，不过这种认知和洞察，对于他此刻腹部的震颤、急切甜蜜的腺体分泌和狂乱的祈祷都丝毫不起作用。而他觉得这就是有意思的地方"(门罗，2013c)[62]。

卡夫卡揭开了性与存在的复杂关系："性与爱情相对立。爱情作为性的条件，它使人亢奋，同时又有使人反感的方面，它的可怕、无意义，尽管丝毫不减其异常威力"(门罗，2013c)[42]。而对于大卫身上的情感悖论，斯泰拉认为，他对于爱情并不感兴趣，甚至对性也不感兴趣。他感兴趣的只是当一个坏坏的大男孩。其实，大卫对于感情的态度就如他自己所说"不知道为什么"(门罗，2013c)[50]，他对欲望和激情的追求仿佛是一种本能。拉康指出："快感，即无条件的满足或存在的完满，是人类欲望的目标，这种欲望不能被任何对象所满足"(沙鸥，2013)[68]。黑格尔也认为："人类这一特殊的对被欲望的欲望，目的在于超越一切决定性的需要，甚至是想否定任何形式的满足"(黑格尔，1979)[312]。大卫对于情感的态度就像拉康和黑格尔所说，是"不能被任何对象所满足的"。他在爱情面前的欲望和兴奋似乎是只顾眼下片刻的满足与快感。对他而言，"兴奋是与现在的时刻，对往昔与将来的完全忘却，做绝对的认同"(昆德拉，1993)[79]。这种情感态度让人深深感到："我们命运造成的原因是些完全无意义的事，这实在让人感到沮丧"(昆德拉，1993)[43]。

与大卫形成反差的，是斯泰拉对待感情的态度。拉康对欲望和理性做了区别："欲望仅仅是自然的或生物学的无声的需求，理性则是一种需要，尤其是人对爱的需要，这一需要能超越所有仅仅提供满足的对象，并能把它们转换为爱的证据"(凯西 等，2002)[22]。大卫对于激情的追求更多的是一种欲望，而斯泰拉的情感态度更多地表现出理性的坚持。斯泰拉觉得，真正的爱情应该是她和大卫两个人继续生活下去，或者大卫娶了凯瑟琳。在斯泰拉分居忙碌的背后,是一种无法逃脱的寂寞和孤独。面对感情的欺骗和背叛,斯泰拉感到痛苦:“人们对于这种痛苦不会有任何耐心。又怎么会有呢?受难者必须放弃同情,断绝尊严,自己对付灾难。最糟的是,人们还会煞费苦心地告诉你,这不是真正的爱情。这一波一波的欲望、依赖、膜拜和悖逆,这些心甘情愿但是可怕的转变——它们不是真正的爱情”(门罗,2013c)[61]。可在面对这样的苦难时,斯泰拉选择隐忍坚守,接受了丈夫的行为,自己积极地生活。黑格尔认为:“要想有自我意识,就必须有相对于给定的自我的自我超越。一个个体只有通过在与另一个主体的斗争中冒生命的危险才能向另一个个体证明他是这样一个超越性的主体”(凯西 等,2002)[22]。而叙事心理学认为,叙述过程是一种自我重构,是在自我的整体性遭到破坏的危机下一种寻找自我的过程。斯泰拉正是在这样痛苦的内心讲述与冲突中发展了自我意识,实现了自我超越。“在爱中,我们逃离自我,进入他者。要达成对任何事物的认知,我们都需拒绝那‘于我而言’的事实,而接纳那‘实际如何’的事实。原始的冲动是维持并扩充自我,随后的冲动则是走出自我,抚慰其孤独”(苏欲晓,2010)[137]。小说结尾,斯泰拉站在窗前,手中拿着照片,心里打定主意接受一切走向今后的生活:“这一想法将不断地重现——在她努力延续的日日夜夜的流动中,它是一个停顿,是心跳漏掉的一拍,是一次短暂的、生硬的喘息”(门罗,2013c)[68]。就像昆德拉所说:“等待这一个人的除了苦难、耻辱,没有任何别的。不可能模仿的气氛:隐忍、忧伤,然而却被一种辽阔的同情所辉映。大悲剧以意想不到的方式,由一曲平静、动人和亲切的歌而完结”(昆德拉,1993)[130]。门罗的小说就是这样,抓住现在时间中的具体,使短暂成为永恒。

作为门罗的代表作之一,《苔藓》创造了丰富的意象和深刻的意蕴。小说一方面展现了欺骗、背叛、伤感、痛苦,另一方面还展现了隐忍、宽容、理解、希望、女性的自我救赎。在此,门罗通过视角转换将描述的现实主义和评价的现实主义进行了完美的结合,不仅对日常生活进行了细致的描写，还采取了一种更超然的态度对待她所叙述的内容，对内容进行客观评价，“将外部世界表现得如叙述者记忆中的内部世界一般生动的内省”（王卫新 等，2011）[234]。同时，门罗注重揭示人物主观的心理状态，展现出人物深邃的内心世界，使人物的精神世界被全面地展现出来。这样，小说透过人在面对情感时对自我，对他者，以及对二者关系的理解与认识，揭示出现实世界的真实性和复杂性，表现了“此处”与“别处”，现实与理想之间历来存在着的深刻错位（何峰，2001）。此外，文本在表现女性情感态度的同时，也关注了男性的心理与情感，呈现了两性之间的互动。门罗透过两性之间的失衡和冲突，表达了她追求男女关系和谐的希望。这种表达又是含蓄的。正如伍尔夫所说：“完全对立的男性元素和女性元素是同一个体的两个方面，只有有意识地去寻求他们之间的平衡与共存，才能全面了解这个复杂世界”（王卫新 等，2011）[239]。门罗就是这样一位创作者，在作品中同时展现了不同的性别元素，创造出真实再现生活景象的伟大作品。

第二节　《发作》中的多层“记忆”书写与主体自我重构

记忆是门罗创作的重要素材来源。门罗的创作大都围绕记忆中的事件或人物展开：或源于作家本人的亲身经历，或是她听说过或读到过的故事。作家透过这些讲述，关注现代社会中生存主体的经历和体验，探索主体如何在特定社会、文化和历史语境中重构自我。可以说，通过记忆中的自我成长及人物命运透视，实现主体重构，是门罗小说的基本特质之一。目前，对门罗记忆叙事的相关研究主要围绕个别具体作品中的叙事策略展开分析，多强调作品个人记忆叙事背后的家族记忆和民族记忆，而少有对作品中主体自我记忆书写本身的深入研究。事实上，门罗的创作首先是以个体性回忆为基础的。因此，深入主体记忆，挖掘记忆内容，分析主体为何有此记忆，这些记忆对于主体有何影响，特别是对于主体自我重构的意义，对深化门罗创作思想的研究具有重要意义。

收录于短篇小说集《爱的进程》(1986)中的《发作》围绕小镇上一起家庭纷争导致的死亡事件展开叙事,由此引发了男女主人公内心深处对于往事的隐秘记忆。同时,小说的叙事进程也由人物的回忆来推动。因此,该作品是门罗记忆书写的代表作之一。小说通过多层记忆书写,表现了人与人在现代社会中的冲突,以及由此导致的心理创伤,引发关于自我重建的思考。本书从与记忆书写相关的叙事心理学视角切入,结合心理学、精神分析理论,从三个层面分析小说中的记忆叙事特征,以及对于自我重构的影响和意义,包括时间中的记忆与自我防御下的主体内在本质重构,记忆流动性与主体和他者关系下自我精神升华的自我重构,社会文化语境下的记忆与在现实世界中妥协和反抗的自我重构,由此剖析小说如何通过记忆书写,表现人面对过往不幸经历与伤痛时,如何不断重构自我,重燃生活的信心与希望的火种,进而揭示门罗记忆书写特质及其主题表现。

一、时间中的创伤"记忆":自我防御下的主体重构

门罗小说多以回忆的方式讲述个体的不幸经历,表现创伤对人的心理影响。《发作》中,人物的记忆与争吵、谋杀、死亡等不和谐的冲突要素纠结在一起,给记忆主体带来长久的创伤。在表现主体如何面对创伤时,小说主要通过历时性记忆中的选择性记忆,书写主体的内在本质和自我重建。

小说女主人公佩格经历过婚姻失败的痛苦。佩格的初次婚姻生活并未带给她精神上的满足,物质生活也很贫困。当时佩格和丈夫的父母同住,家中从没有足够的热水给孩子洗澡。最后她搬了出来,住在洗车店旁,那里很吵,尤其是晚上。丈夫大卫只在周末过来,佩格与丈夫性格不合。佩格精神上独立,喜欢读书,冷静自制,可是却嫁给了大卫那样一个只因小时候读过相关的书就一心想去北极的丈夫。这都表明女主人公的婚姻生活缺乏自我空间和心灵慰藉,结果导致夫妻的关系始终不和谐,从最初的不理解、无沟通到激烈争吵,直到丈夫离家出走。

面对曾经的不幸,女主人公选择了压抑内心创伤的方式重塑自己

的生活。不过,曾经的创伤始终对主人公当前的家庭生活有影响,特别是多年后目睹了邻居家中的死亡现场后。对此佩格选择隐瞒、欺骗现在的丈夫罗伯特。这是佩格作为主体选择性记忆的结果。此外,和罗伯特共同生活多年以来,她也闭口不提以往的婚姻。罗伯特只能猜测:“一个人不会简单地开车开得越来越远,就这样从他老婆的视线中消失。婚姻之结不会仅仅因为距离的拉力而毫无痛苦地断开。肯定还得有一些撕扯和劈砍才成”(门罗,2013c)[162]。佩格没说,罗伯特也没问,“甚至没朝那方面多想,直到今天”(门罗,2013c)[162]。

文本也透过佩格孩子的口说出她不愿面对的记忆。当儿子克莱顿说:“父母那时候经常吵架。我常想,你们中的一个就要过来用刀捅死我了。那是一种定期发作,人会定期发作,尤其是结了婚的人”(门罗,2013)[158]。佩格看着他。“这个女人平日总是苍白、柔滑、顺从,又像细纸中的水印一样难以捕捉,眼下却好像干涸了,死灰一般。她的轮廓固定成一种僵硬、无助、无法道歉的痛苦透露出真相”(门罗,2013c)[159]。

此外,小说中房子意象的象征性隐喻也预示着记忆主体压抑的内心。这一点是通过男主人公罗伯特的记忆讲述的。罗伯特回忆:“多年来房子仍旧如他第一次开车送佩格下班回家一样。一层半楼高,斜屋顶,起居室的窗子划分成很多正方形格子,就像圣诞卡上的窗子一样。白色铝制护墙,细细的黑色百叶窗,黑色边框”(门罗,2013c)[140]。回到多伦多后,“他想着住在房子里的佩格,想着她过得井井有条,循规蹈矩,严肃而令人向往的生活”(门罗,2013c)[140]。女主人公不愿离开原来的房子,表明她内心虽然痛苦,却仍然没有完全放下过去,没有释怀,压抑着内心的真实情感。她始终没有对现在的丈夫完全敞开心扉。罗伯特想买或是建一座新房子,佩格不要。“她就想待在这栋房子里,这是第一栋她和两个儿子独自居住的房子”(门罗,2013c)[140]。在此,人物的记忆相互交叉,相互作用,对主体的重构发生作用。

那么,为何女主人公这一记忆主体面对创伤选择了防御式的自我重建方式呢?弗洛伊德“把人格主体对焦虑的缓解与消弭,统称为心理防御机制，并提出压抑、内向投射、反向形成、合理化、解脱、认同、生活等防御机制”(弗洛伊德，2011)[126]。他进而指出：“面对创伤，人往往选择遗忘，压抑在心底，即防御式的自我重建反应。或者说，压抑正是将不适宜的、危险的能量灌注保留在潜意识中，或者是使其从意识和前意识中被逐回到潜意识中”(弗洛伊德，2011)[126]。这有助于解释为什么女主人公以防御的方式重建自我，因为她害怕有意识地觉知自己。

荣格认为：“很多人都对自己无意识中可能存在的心理内容抱有一种原始的惊恐。在人们所有与生俱来的羞涩、耻辱和精明底下，都潜藏着对灵魂之险的隐秘恐惧。人们当然不愿意承认自己内心存在这种莫名的恐惧，但是我们应该意识到，这种恐惧不会来得无凭无据。我们永远无法确保自己或邻居不会在突然之间冒出一个新念头。人类确实有足够的理由害怕那些潜藏在无意识中的非理性力量。我们看似幸福地意识不到这些力量，只是因为这些力量几乎从未显露在我们的人际交往和日常环境中而已”(福德姆，1988)[13]。他还指出：“正因为我们的意识倾向于通过抑制的方式来消除情结，所以许多情结被意识分离出来。但也有一些情结从未进入过意识，因此也就不会被任意地抑制。这些情结在无意识中慢慢滋生，带着不可思议且坚不可摧的信念与冲动，侵入我们的意识心智。人成了这些困扰和入侵的无助牺牲品，无法帮助自己来对抗这些病态想法的魔力。这一想法一旦在某一天出现，就再也无法撼动，留给他的只有片刻摆脱的间歇”(福德姆，1988)[13]。佩格记忆中的痛苦无法完全压抑，因而后来影响着她的生活。可以说，这种记忆创伤存在于她的潜意识中，而潜意识是个体被压抑了的经验，某种程度上可以说本我与潜意识是同一个概念。佩格的主体自我不断地对说出的事实进行反抗，或是理智的反抗，或是情感的反抗。然而，这种自我的重构始终无法摆脱本我的潜意识影响。

对于主体的自我重建，精神分析学希望通过重新整合主体的历史，重构主体的过去，从而重新把主体纳入正常的秩序之中。拉康认为，“整合个体特殊的材料，就是重新整合主体的历史，就是重新把过去带到现在。而重构主体的历史，只能是重构主体特殊的、个体性的过去”（黄作，2005）。佩格究竟该如何走出过去的创伤，小说没有给出明确答案，却似乎蕴含着这样的指向：面对过去的创伤记忆，压抑和选择性遗忘很可能不是成功的自我重构方式。不过，透过门罗的讲述，读者相信，佩格很可能会在罗伯特的积极影响下走出过去。门罗正是通过书写主人公压抑的记忆，即将意识所不能接受的欲望、冲动、意念和情感等抑制到潜意识中，通过内向的心理指向，表现人物内心自我重建的艰难和痛苦历程。

二、流动中的“记忆”：主体与“他者”关系下精神升华的自我重构

叙事心理学认为，在记忆中，自我不得不在本我与超我之间做出许多妥协。马斯洛说：“每个人内在的基本冲突，存在于我们的抱负、梦想、希望，以及我们作为人受到限制的有条件的天性之中”（马斯洛，2018）[41]。对于作品中的佩格来说是如此，对罗伯特依然是如此，浪漫的理想和残酷无聊的现实之间的冲突永远存在。不过，弗洛伊德认为：“如果一个人失去了对象或被迫放弃对象，他常通过认同该对象和在自我中重建该对象的方式来补偿损失，因而可以说对象的选择在此恢复到了认同”（李建中 等，2013）[55]。而被用来满足心理需求的替代性对象与原对象相比，如果代表了更为高尚的文化目标，这种转移就叫升华。“升华在弗洛伊德各种心理防御机制中，是最为重要的一种，是一种积极性的去弊与越障。人格流变中的障碍，主要来自本我的冲动。因此，无论何种防御，主要任务就是如何对付本我。压抑是一种被动的防守，只有升华，才是一种主动积极的防御，也是自我重建最重要的方式之一”（荣格，2018）[121]。

面对创伤记忆，男主人公罗伯特选择了与佩格完全不同的自我重建方式，他积极面对痛苦，抛弃以往的错误，重新开始生活，这正是弗洛伊德所说的自我升华。首先，他放弃了以前任性的生活理想，在现实生活中找到了合适的生活方式、态度及人生目标。罗伯特家拥有吉尔默商场，不过从未在吉尔默住过。他母亲不相信自己能在那种地方生活

超过一个星期。因为对父亲的生意毫无兴趣，罗伯特读了土木工程专业，想去不发达国家工作。他在秘鲁找了一份活儿，游遍南美洲。有段时间又放弃土木工程，到不列颠哥伦比亚的一个农场干活。父亲病倒后，他返回多伦多，到省高速公路局当了一名工程师。当时他盘算着考个教育学学位，一旦父亲去世，就去北方教印第安人，过上彻头彻尾的新生活（门罗，2013c）[136]。可后来父亲去世，他过上了新生活，但并未去荒蛮之地教书，而是到吉尔默过起日子，亲自管理商店，娶了佩格。他亲自包揽了店里所有修理和维修工作，学会了通水管和接电线，喜欢这里的艰难和冬天的麻烦（门罗，2013c）[139]。

其次，他的情感态度发生了重大变化。罗伯特曾经年近四十岁还经历着有生以来第三段与有夫之妇的风流韵事，和情人调情、争吵。他和情人讨论无聊的问题，还为此争吵，诸如把家族姓氏写到银器上是可以接受的，还是令人讨厌的做法。“突然之间，争论爆发了。他们不知不觉对彼此说着能想出来的最残忍的话。他们扯着嗓子争论，变成了带着微妙厌恶的低语。对于罗伯特的热情，情人说那真是一种骚扰。很多人设法避开你，他们受不了你。你用那种急不可耐又可怜的样子，又跳又扑的，但其实一脸精明相。那就是为什么我根本无所谓会不会伤害你的原因”（门罗，2013c）[160]。而罗伯特认为他的情人“总是在告诉别人自己在什么地方遭到的不公待遇，或者哪个人对她说的恶毒的话。认为她的谈话无聊透顶，自我中心，笑起来很恶心”（门罗，2013c）[161]。后来他们说：“这是认识以来第一次说真话。那些话虽多少出于当时的冲动，却似乎也是最紧要的真相，它长期以来始终蠢蠢欲动，寻求破土。最终彼此厌恶，也不再互相谴责”（门罗，2013c）[160]。

和佩格在一起之后，罗伯特则是尊重包容，认真生活。安定下来之后，“他经常格外强调他的友好热情，让人感觉全身上下都被他捶打个了遍似的”（门罗，2013c）[137]。遇到佩格后，罗伯特决心开始重建新的关系。“他说有些事情我真希望能永远彻底忘掉。他说要及时止损，弃绝过去的恶习，昔日的欺骗和自我欺骗对生活和自己的错误观念。他说他过去是一个情感上的挥霍者，任自己陷入无望而痛苦的纠缠，以避免一切有着正常可能性的事情。那统统是在做实验、摆姿态，是对于正常体面生活契约的排斥。都是因为逃避而铸成的错误，他却自以为在冒险，在获取丰富经验”(门罗，2013c)[161]。罗伯特认为自己的悲剧和不幸经历来源于自己对责任的逃避，因此日后决定面对一切不幸，展开新生活。小说最后写道：“走在这片魔幻的地面上，他一点不累。如果说有什么感觉，那就是他觉得自己变轻了。这是那种鼻子和手指都能被冻僵的天气，不过感觉却一点不冷”(门罗，2013c)[163]。可以说，此刻，罗伯特的内心充满希望。“树下有什么东西，有点像一个半瘫的铁甲巨人，仿佛在战斗中突然凝住。直到走得很近，他才发现那不过是些旧汽车。他想着向佩格讲述这件事，他是凑得多么近，才看出让他迷惑不解的不过是些废旧汽车，然后他感到多么失望，又有点想笑。他们需要有些新话题。现在他有点想回家了”(门罗，2013c)[164]。这段话是对佩格关于目睹死亡现场的谎言的隐喻。罗伯特理解了，宽容了，决定忘掉此事，开始全新的话题和生活。这预示着二人关系进入崭新阶段，也标志着罗伯特自我重建的开始。

而这种转变的重要原因就在于面对的他者不同。拉康认为：“真正的自我是在自我与他人的一系列角色转换过程中逐渐建立起来的。自我的被对象化是自我形成的重要步骤，也是主体正常成长的必经环节。主体把自我视为一个对象，在自身对象化的基础上，自我把他人对象化了，把外界对象化了，进而形成了一个自我与他人的想象世界。一旦自我形成，自我与他人就构成了一个想象的世界，即所谓的外部世界。这个外部世界不是客观独立的世界，而由于象征秩序的介入，与现实世界有很大关系”(黄作，2005)[108]。罗伯特的前情人“饶舌、精干、细节上毛毛糙糙，在车里喝甜酒，把旅行当成欢乐的远足，一心指望在露天野地里做爱，但发现到处是牛群和玉米秆儿，不由勃然大怒”(门罗，2013c)[137]。佩格则“相当安静，娇小苗条，有柔软的棕发，看起来能干又青春，穿百褶裙，清新整洁的衬衫纽扣一直扣到最顶上一粒。举止优雅，很少发出声音，罗伯特从没遇到过任何像她这样自成一体的人”（门罗，2013c）[138]。“她每年冬天，会选一种当地高中不同的课上，上过艺术史，伟大的东方文明史、发现和探索史。每周去一次夜校，哪怕很累或感冒也不间断，参加考试，写论文，写字整洁”（门罗，2013c）[138]。

可以说，罗伯特是因为遇到佩格而改变。在与佩格的生活中，他在不断积极重建自我。虽然佩格对他是封闭的，可他仍然坚持寻求希望。罗伯特为何会发生这样的转变呢？马斯洛的一段话或许可以很好地解释这一点：“无选择地觉知意味着按照本来面貌去接受某种体验或某个人，而不是想去改变或操纵。拥有这样一种品质，意味着用一种顺其自然、接受和顺从的方式，而不是支配、干预、想方设法改变的方式去尊重，欣赏并体验对方”（马斯洛，2018）[7]。不过，自我实现的人从心理上欣然接受这些所谓的麻烦，而且“与现实当中无聊、孤独和空虚的生活所带来的痛苦相比，这些所谓的麻烦要精彩太多。尽管友谊和爱情可能真的会给我们带来痛苦，但内在的空虚感远比复杂的友谊和爱情更加糟糕”（马斯洛，2018）[7]。因此，尽管罗伯特想选择的心仪生活方式以失败告终，他仍在努力生活。对现实的妥协背后，仍然彰显着他积极向上的惊人力量。门罗或许在透过作品告诉我们，逃离生活困境和内心压抑或许很难，不过无论如何不能放弃希望，要坚持下去重塑崭新的自我。这就是门罗记忆叙事的意义所在。

三、“记忆”的社会历史性：与命运抗争的自我重构

拉康关注个体与社会的融合问题，即个体如何一步步走向主体这一文化社会的代表，并且重视研究在融合过程中所出现的问题以及个体主体性之实现的意义。而荣格认为：“人类主体根本上是分裂的，自我内心或心理态度是承认、否认某种外界现实并存的。主体是被分解了的、破碎的想象维度。人类主体创造了自我的生存空间”（荣格，2018）[123]。也就是说，人的生存总是挣扎于自我愿望与外界现实的矛盾之中。

首先，《发作》中的主人公生活在特定的空间中。文本中有大量关

于物的记忆，如小镇、房子、肥皂，其中蕴含着记忆主体的情感。而这种记忆主体的情感与其生活的空间，或者说社会环境密切相关。主体正是在特定的社会历史中通过记忆，重构自我，换言之，主体在社会外部世界中重建自我。无论是佩格的消极反抗还是罗伯特的积极升华，都避不开社会环境的影响。

一方面，记忆主体在外部环境中进行妥协性的自我重构。小说中人物生活的环境是小镇吉默尔，这一空间是男女主人公记忆和活动的外部世界。男女主人公都不在小镇出生，他们在这一空间、时间中的经历都要通过回忆展示。“小镇与外界隔绝，也许象征着一个集体的无意识群体。就像鲁滨孙的荒岛，生活在其中的人们形成了一种狭隘的环境”(Francesconi，2009)[346]。而罗伯特和佩格都是外来者，与当地人有些格格不入。马斯洛(2018)认为：“若想超越两个个体之间或家庭成员之间的相互排斥，或者使得所有人成为一个整体，最常见的做法就是将不同家庭、家族、社会阶层融合成为一个有内部凝聚力、友好合作的整体。”佩格和罗伯特试图融入小镇，但总存在一些不协调的感觉，与小镇之间存在着不和谐。可以说，他们在小镇的生活本身就是妥协的结果，这反映出自我与周围环境的冲突。

他们妥协的重要原因之一是社会空间对于个人隐私的侵入。“小镇大家都开车，不再有人步行。房子和房子、房子和小路都挨得很近，几栋房子里所有人都在家时，汽车便轻而易举地填满了本该是人行道、林荫道和林荫路的位置”(门罗，2013c)[40]。从隐喻方面来看，对于私人空间的入侵即为对人隐秘的探寻，对于人内心的好奇。马斯洛指出：“人的尊严和自豪很大程度上取决于隐私和秘密。如果人们可以读懂你的心理，你还能保有尊严和自豪，这才是真正的尊严与自豪”(马斯洛，2018)[57]。而小说中的小镇却是隐私和自尊被侵入的场所，同时作品中所描述的“小镇周围到处是牛群与戳人的玉米秆儿”(门罗，2013c)[137]，也隐喻着人与人之间普遍存在的社会冲突。

另一方面，小说中主体的自我重建在向社会环境妥协的同时仍坚守着自身的反抗。我们已经习惯相信,人的本性是具有极强延展性的,人可以变成任何环境想让其成为的样子(马斯洛,2018)[73]。但马斯洛并不这样认为。文本中男女主人公就在文化社会语境中坚持着心底的自我。

首先,就小镇上的家庭谋杀事件而言,罗伯特对于人们的各种无端猜测完全不相信,现场目击者佩格则对街坊邻里的好奇冷漠置之。他们的态度和选择都表明,二者自身尝试在与外界的对抗中重建自我。在罗伯特眼中,“那些开车去谋杀现场的人仿佛与汽车合为一体,变成一种新怪兽,以一种野蛮的好奇在这里来回摸索”(门罗,2013c)[159]。就佩格而言,她本身不愿谈起目睹谋杀的经历,因此她表面上毫不在意。如果不是镇上人们的议论,她可能永远不会对丈夫提及此事。她的讲述是对环境的妥协,而她的欺骗隐瞒和轻描淡写又是心底的无声反抗。可以说,某种程度上,她实施的这种反抗不是作为知情者的优越感,而是她在重建自我过程中的积极反抗。

对于谋杀原因,小镇人们有很多推测。比如,葬礼上,牧师谈及现代生活的压力和紧张,但没有给出更详细的线索(门罗,2013c)[153]。又如,夫妻二人性格不同导致的冲突。女人谈笑风生,这一点让罗伯特想起他从前认识的那些女人。人们猜测可能女人有婚外情。男人则寡言少语,不过并不害羞。他们拜访罗伯特和佩格夫妇的时候,佩格说那位丈夫“好像在瞪妻子”(门罗,2013c)[152]。小说中写道,“在吉尔默,一切总归会真相大白。隐私和保密均有违大众兴趣。人们构成了一个大网络。人们的集体无意识就是对谋杀,对别人不幸的好奇,以此宣泄内心的欲望和压抑”(门罗,2013c)[152]。罗伯特完全不认同人们的这种推测,这实际上是对集体共同意识的一种无声抗议。而佩格的做法也是对这一现状的挑战。作为谋杀现场的目击者,她保守了秘密,对外界封闭自我,体现了对人们的猜测的讽刺态度。在谋杀事件中,佩格和罗伯特的看法和表现,与小镇人们形成鲜明反差,这正是他们挑战环境的一种宣誓。

此外，罗伯特的性格和态度对于身处的社会环境而言也是一种挑战和反抗。小镇环境冷漠、恶劣，而罗伯特温暖、积极。“当地距离多伦多也就一百英里多一点，但完全像另一个国度。北上来此度日，与一头扎进蛮荒之地也差不离。暴风雪让各个镇子和村庄与世隔绝。冬天严酷地降临，就像数千年前两英里深的冰层在此冻结一样。本地人以一种外人难以理解的方式过冬。他们小心翼翼、谨小慎微、疲惫不堪却又兴高采烈”（门罗，2013c）[139]。

可以看出，《发作》整个故事“被镶嵌在个人经历与社会背景的交汇之中，叙述声音伴随着孤独与渴望”（杨金才，2015）[116]。男女主人公作为小镇外来者的适应和心理落差“反映出他们对于自我的理想和希望，彰显了一种美好，不入世俗，创伤后的恢复和自愈”（杨金才，2015）[116]。同时，小说在个人的经历背后展现了时代和历史，表现了特定时期特定地方的人们的生活状态和精神境界。

门罗的很多创作都来自她的个人生活，同时，她的不少作品都涉及谋杀等内容。一些研究者认为这样的内容与现实生活是有距离的，因此门罗创作的真实性与虚构性问题一直是研究的一个重要问题。

传统观点认为，文学虚构虽然不是历史事实，但文学可以给人以现实感。亚里士多德认为：“历史的意义也并不在过去事物的本身，而在于过去对于现在甚至未来的意义。我们从历史的叙述和文学的叙述，都可以得到启迪，有益于我们的现在和未来”（张隆溪，2008）[67]。可以说，文学作品，特别是小说，写的就是我们所体验的生活，“是我们的社会生活、情感生活、物质生活，是某个时间和地点的具体感觉”（张隆溪，2008）[67]。而一般认为，后现代主义理论解构了文学与现实生活的关联。在门罗眼中，文学表现的是现实生活，但依然可以是一种虚构，是以现实生活体验为基础的想象。

记忆是我们追溯过去，理解现在并展望未来的综合产物。只有借助记忆，我们才可以时刻与过去和未来相联结。《发作》中，门罗建构起了记忆与想象结合的过去，使过去成为具有动态性的过去，相关人物具有了流动的身份特征。而通过记忆重访过去实际上是一种认知行为，是对过去意义的不断阐释与再阐释。可以说，小说男女主人公的个人记忆叙事是他们认知自我，理解自我，实现自我重构，并表达自我对于人生的态度。门罗小说记忆叙事的意义在于其揭示了人作为主体的过去生命体验及其对于自我重建的影响和意义，传递面对不幸与伤痛时，应不断超越自我，重燃生活信心与希望，重构新的自我的生命讯息。

第三节 《我年轻时的朋友》中的拼贴叙事

后现代文学的特点是挑战文学传统，以侵入、干扰、碎片化、偏离等为突出特征，其中拼贴是最重要的表现手法之一。拼贴打破了传统小说凝固的形式结构(陈世丹，2005)。门罗的作品多充满不确定叙事和非一致性叙事，挑战传统叙事的后现代特征，不过她的创作并不是完全的后现代意义上的创作。可以说，门罗的作品常关注如何将故事整合起来，而不是使之碎片化。或者说，她的作品并不刻意做出偏离，而是更关注叙事中的偶然、意外事件和可能的条件如何将故事拼贴起来。因此，从后现代拼贴叙事视角展开对门罗小说写作风格与创作思想的分析，对理解门罗独特的写作特质很有意义。

《我年轻时的朋友》收录于门罗同名小说集中，以“我”回忆母亲讲述的一段往事为中心事件。目前相关研究多认为该小说传达了“女性探寻幸福的努力”这一主题。事实上，文本透露出的信息比这一点更为复杂。可以说，小说所要表达的主旨与其说是探寻幸福，不如说是对已有秩序的质疑，对假象的揭示，对真实的探求，以及对于自我的思考。为表现这一复杂主题的内涵，作家在多个层面运用了拼贴这一后现代手法。因此，该小说集中反映了门罗对于拼贴这一后现代叙事技法的认知，表现出作家独特的创作特质，更呈现出作家创作的思想理念。本书从叙事结构中的拼贴，视点转换拼贴下的人物塑造，虚构与真实之间的叙事意义整合三方面切入，分析小说中所呈现的拼贴式后现代叙事手法，揭示作家独特的创作理念与意义。

一、叙事结构中的拼贴

后现代拼贴的主要特征为“打破情节的单线持续发展，以大量表面上缺乏联系的形式风格的情节片段进行拼贴，组织叙事结构”（谢芳，2006）。门罗的小说创作与此有所不同。门罗小说的一个突出特征为时空交错的叙事，不过文本的主线仍然是传统的线性结构，只是在此之中插入了一些拼贴的片段。

就《我年轻时的朋友》来看，小说基本的故事脉络为：“我”关于母亲的梦；母亲讲述回忆（自己年轻时出嫁前在学校教书和弗洛拉成为好朋友、弗洛拉的妹妹、姐姐的未婚夫娶了妹妹、妹妹患病、姐姐如圣人般地照顾妹妹、妹妹死去；护士到来；母亲离开结婚；听说弗洛拉的不幸、写信给弗洛拉、友谊破裂）；“我”对于母亲故事男女主角罗伯特和弗洛拉的新解读；真正的来信；母亲生病未回信；“我”失去了对于故事的兴趣，但仍常常幻想回忆母亲所说的往事；对于母亲的失望；关于母亲的梦；卡梅伦派的故事。

从情节方面来看，小说主体部分是作者讲述母亲对于往事的回忆，符合传统小说线性叙事的结构传统。小说主要情节和叙述文本并没有过多的后现代小说明显的片段化、碎片化处理。而从叙述角度来看，小说仅有少量对异质片段的拼贴，仅在开头和结尾部分打破了传统叙事线性结构的特点。

小说开头为叙事者“我”的梦境。“我”曾多次梦见母亲，“尽管梦里的细节各不相同，带来的惊喜却如此一致。”“不再做梦，我猜想是因为梦里的希望过于明显，宽恕过于轻易”（门罗，2014a）[2]。小说结尾段落是叙事者对于卡梅伦派的一段解释：“我发现卡梅伦派是约老会一支顽固不化的残余”（门罗，2014a）[27]。

小说开头叙事者“我”的梦境世界和梦中母亲的形象，还有“我”对于现实的思考，结尾对于“卡梅伦派”的一番解释看似是与文本主体部分没有联系的孤立部分，实际上这两部分打破了小说的叙事结构，具有明显的拼贴特征。不过，应该注意的是，该小说仍然只是具有拼贴特征的作品，主体部分仍坚守传统线性叙事，并非纯粹的后现代小说。

那么，为何坚持传统现代主义叙事的门罗会使用拼贴手法表现主题呢?

对于门罗创作中的后现代拼贴叙事，传统的对于后现代小说的解释可以部分说明，但却可能无法完全表明作者的创作意图。本书尝试从两个方面看待这个问题。

首先，门罗创作中的后现代叙事特征仍是以反映现实生活为中心的。也就是说，作家的后现代创作一定程度上是后现代社会的影响。外部世界快速变化导致人的空间感和时间感错乱。后现代主义艺术只能以破碎的艺术对抗破碎的世界。现实本身的改变引起了作家感觉方式和表现方式的改变。因此，拼贴是反映现实生活的一种最为恰当的形式。对此，读者则独立地、自主地承担构建意义的任务(龙云，2014)。

因此，门罗要通过拼贴碎片建立联系。评论者认为：门罗的拼贴叙事和 19 世纪女作家们用针线活掩饰自己的写作有异曲同工之妙，可以说是她的一种生活方式。她的拼贴叙事是独特的：虽然她的建构性叙事类似于女性后现代主义的审美，不过也没有与男性叙事的明显断裂。她的后现代叙事保留了很多传统，不过也对这些传统做出了很大突破。她的后现代叙事主要源于看待生活和现实的方式。门罗认为，她在生活中看到的都是互不相关的现实生活的片段。她写作短篇小说的原因也正在于她从来没有见到过完美、全面的事情。

在《我年轻时的朋友》中，门罗关注了不相关的事实，也展现了独立的叙事之间是如何联系的。门罗的后现代拼贴关注“绝对的相对”：一方面，她的作品结构精美；另一方面，她不断转换叙事。小说文本充满了反差、悖论，还交织着平行、类比，试图达到一种和谐与悖论的平衡。小说中，门罗传达出改变对于可能事件的感觉、对于发生过的事情的意味。可以说，门罗对于线性叙事的挑战产生了许多顿悟。

另一方面，门罗的后现代创作与一般意义上的后现代作品有着明显区别，其作品本质上仍是现实主义或现代主义的。现代小说中，读者和作者都被想象成侦探，来探究文本的整体含义和重要的元素。门罗的小说却不遵循这样的传统。与此同时，门罗的后现代叙事是要恢复失去的东西。门罗对于19世纪女性书写传统的运用和恢复人物的做法不同于后现代很多作品，是对传统的推进。因此，门罗和大多数后现代作家的不同之处就在于她将习惯性的、家庭的行为升华为反抗的有利方式。门罗拒绝许多当代作家去熟悉化的普遍做法，选择熟悉化的方式，让我们从日常生活到达不可思议的神秘世界。为此，门罗采用了拼贴手法。她的叙事表明，稳定取决于我们安排碎片的能力。

现代主义叙事者不断发现一些干扰人物建构的要素。碎片本身没有意义，只是通过碎片的组合才产生意义。同时，她也看重叙事作为产生联系的过程，即拼贴的过程。现代主义要修补碎片，后现代主义则不是。

当前研究多认为，女性写作与编织类似，拼贴是女性后现代的形象之一。拼贴表现的是后现代的一种非连续性的时间观。这种碎片化与叙事扩散之间存在着互文性。拼贴作为叙事的一种隐喻，打破了统一、连贯和平衡，成为叙事结构分层的根源。本书认为，门罗的小说的确关注碎片化叙事和多层叙事，不过她的叙事结构并没有呈现出干扰性的后现代性。相反，可以发现门罗使用拼贴是为了恢复碎片化了的传统，即将零落的部分整合在一起。不过，“门罗所整合的并不是简单的整体，而是一种有条件的设置。”“小说处理的是一个简单熟悉的世界。按照小说与生活同构的惯例，这种开放式结局无疑在暗示现实生活本身的无序，而人之所以认为它有序，只因虚构被编织进了一切”(盛宁，2011)[155]。

二、视点转换下拼贴塑造人物

“拼贴画的要紧处，是不同的物粘贴在一起，粘贴得好时就造出了一个新真实。这新真实，弄得好的话，可以是对它源于另一真实的评论，也可以大有别的含义。如果成功的话，它就是一个它本身”(胡全生，1998)[127]。《我年轻时的朋友》通过视角转换和话语拼贴的手法呈现人物形象的多重性，塑造了主要人物弗洛拉的形象，展现出人物的个人经历。

小说主要人物弗洛拉自始至终未出场，只存在于母亲的回忆和讲述中。而门罗将关于弗洛拉的两个不相关的故事联系起来：一个是母亲透过主人公女儿"我"讲述的，一个是女儿直接讲述的。母女二人知道的事实一样，不过因为不同的想象讲述了弗洛拉不同的生活。在她们眼中，弗洛拉是不一样的：母亲看到的是"神圣的耐心"，而叙事者"我"看到的则是"想要引发内疚的操控"。这些想象的差异不仅体现在她们对于弗洛拉的描述中，更是她们不同世界观的反映。门罗采用两种审美的差异展现了这一点：一种是反复统一，一种是拼贴。母亲说自己在河谷的家是"井井有条的"，叙事者却说那是"凌乱无序"(陈世丹，2005)[26]的地方。两种世界观都不是绝对的、完整的，而事实远远不止母女俩所说的。

小说最后以第三人称全知视角让读者知道了弗洛拉搬到城市，在商店工作，而这是母女都没有提到的。小说想要尝试这样的和谐，却也知道无法接近真相。门罗始终坚持叫作真相的东西，却又不断阻碍我们靠近它。可以说，门罗把叙事看作一种意义的建构，事实安排为现实。换言之，真相总是存在于叙事本身之中。门罗认为自己的叙事就是在讲述不相关的现实，即来自现实的视角，却又建构现实。从这个意义上看，门罗已经摆脱了碎片化整体的现代主义写作，而开始了后现代的拼贴。

门罗的创作特点之一为不想展示给读者全部，却启发我们自己体会观察。这种对于语境、视角的重视使得她作品中的任何叙事安排都留下了无法言说的东西。其中，"全方位叙述视角叙述人以全知全能的面目出现，这是传统小说的惯例。然而，人物的塑造作者却采用了现代派小说所惯有的有限视角，或客观描述的叙述方式。比如人物的不确切叙述与叙述人的全知全能描述形成强烈反差"(盛宁，2011)[130]。

而叙事者第一人称视角的讲述则表现了人物的认知与内心的情感世界。比如，文中这样刻画叙事者的心理状态："'下手'——我母亲和弗洛拉一样，她绝不会说这个词语，这个词语却让我兴奋。我感觉不到任何应有的厌恶或者适当的愤怒"(门罗，2014a)[22]。母亲去世前健康恶化，收到了弗洛拉的来信。叙事者回忆说："那会儿我已经对弗洛拉没有兴趣了。我一直在编故事，那时，我脑子里大概已经有一个新的故事了。……她可能遇上一个男人。他不知道她是卡梅伦派，甚至不知道什么是卡梅伦派。没有听说过那两个背叛者，不知道她用尽所有尊严和天真才让自己免于成为笑话。基督长老会的事情对他来说离奇到近乎迷人的程度。对所有人来说都是如此。人们会说她从小信奉奇怪的宗教。她在荒凉的农场住了很久。她有点奇怪，但是人很好。长得也很好看。尤其是她做过头发以后。我进某个商店的时候可能会遇见她。不，不。她应该已经去世很久了"(门罗，2014a)[25]。

这些独立的拼贴画都与人物弗洛拉的全景图发生着联系。门罗采用拼贴画的方式，借由并置表现时间的同步性，使时间空间化，最终绘制出一幅人物的全景图。门罗在作品中借助人物或插入叙述人之口，即主人公叙事者"我"，评说弗洛拉故事的虚构本质，揭示故事的人工痕迹。

门罗曾说《我年轻时的朋友》是她写作生涯后现代叙事特征表现转折性的作品。不过，自门罗创作生涯开始，她就一直尝试通过拼贴塑造人物。她在的第一部小说集《快乐影子之舞》中就已经尝试了拼贴的写法。《红裙子 1946》中的母亲形象即是透过拼贴手法塑造的。

《我年轻时的朋友》中也有母亲的形象，不过更为复杂。文本中，叙事者和母亲的审美交织在一起。"母亲很符合十九世纪晚期保守裁缝的形象，年轻时专注于精心准备自己的嫁妆。"而小说第一人称叙事者明确表示自己不喜欢这种严肃的针线活。母亲和女儿的分歧主要不是通过做衣服表现的，而是通过讲故事，即讲述弗洛拉的故事展开的。叙事者不喜欢母亲写关于弗洛拉小说的梦，她认为母亲的想法是无用的、过时的，就像做嫁衣。和这种绝对的判断形成对照的，是叙事者同样意识到自己的局限条件。

米兰·昆德拉说："物体愈是相异，它们之接触所射出的光芒愈有魔力。意识到我们的命运之造成的原因竟是些完全无意义的事，这实在让人沮丧。但是，任何无意义在意外中被揭示的同时，也是喜剧的源泉"（昆德拉，1993）[41]。门罗采用了互文和拼贴，通过多样化、变化的世界探索意义的生成：世界先是分离，探讨差异和身份，之后又整合起来，在与我们的世界完全不同的世界中获得新的意义。

三、虚构与真实拼贴下的文本叙事意义生成与整合

"虚构文本的写作仅仅是一种语言游戏，表现出一种通俗化倾向。"（陈世丹，2005）[26]"现代英美小说中有一种倾向：故意模糊虚构与真实的界限。威廉·巴勒斯所谓的剪贴或拼贴，将一页书或一段录音磁带切割成片段，再任意拼接起来。这样做的目的是把人的性格、社会和政治的界限故意弄模糊"（昆德拉，1993）[41]。"如何透过小说把握真正的世界，如何能在分析世界时做到严谨，同时在游戏般的梦中不负责任地自由自在？如何把这两个不相容的目的结合起来？卡夫卡揭开了这一巨大的谜。其他的人们从这个缺口追溯他去"（昆德拉，1993）[41]。拼贴画原本是一种刻意不连贯的碎片式的留白艺术，它不受想象的控制，而是和想象形成明显的对立。

西方学界对于文学拼贴画有两种看法："一是将拼贴画看作模拟客观世界凌乱、荒诞的外在方式，其依据是拼贴画本身的碎片。"（胡全生，1998）[128] 可以说，这种看法仍然把拼贴画视为一种表现手段和一种模仿现实的创作技法。"二是将拼贴画看作可供游戏的符号。其依据是拼贴画本身所带有的互文性"（胡全生，1998）[128]。"拼贴画原本想用作填补艺术与真实之间的空隙的方法，但实际上，它获得许多复杂而矛盾的含义，似乎是突出了艺术与真实的对比而不是消除这种对比"（胡全生，1998）[129]。

在《我年轻时的朋友》中，小说开头梦境的写法让人感觉在叙事者的真实感觉和想象中畅游。拼贴画可以表现世界及其复杂性，读者也往往能从中读出更多选择，体会到更多的留白。

米兰·昆德拉曾说："写作的全部努力在于：达到自己梦的质量"（昆德拉，1993）[46]。"我相信这两种状态，梦与现实，其表面如此相互矛盾，将来会变成一种绝对的、超现实的现实，如果可以这样说的话"（昆德拉，1993）[46]。门罗的很多作品中都有梦的存在。可以说，"梦"的叙述结构一直是门罗感兴趣的。门罗创作中对于梦的认识类似于昆德拉所说的卡夫卡小说中首先出现的"梦与现实的解决方法、梦与现实的混合"（昆德拉，1993）[46]。而小说结尾则表明，门罗认为叙事是一个过程，而不是最终的成品。门罗意识到了不完整性，认为连接生成意义，因而不断修订补充文本。因此，她是在孤立的事件和对于现实的不同感知之间建立联系，把差异和矛盾置于虚构的空间中。

小说尾声部分写道："但是假设我进了一个商店。假设一个高大帅气的女人优雅地走出来，招待我，尽管她烫着头，抹着粉色或者珊瑚色的唇膏和指甲油——我还是能认出弗洛拉。我想告诉她，尽管我们不曾相识，但我知道她的故事。我想象她愉快轻松地倾听。但是她摇摇头。她朝我微笑，微笑里有一丝嘲讽，一丝微弱的、确信的恶意。当然还有警觉"（门罗，2014a）[26]。

门罗坚持意义的表现是安排事实的结果。可是，拼贴使得完整的安排变得不可能。此外，"拼贴还强调主体意识意识流式的跳跃拼贴、叙事的生成功能，强调意义的不断生成过程，用感觉记忆和话语干涉的双重拼贴来突显事实的不确定性，对于历史语境的了解迫使叙事者以及读者反对绝对判断，进而唤醒读者去了解自我和社会现实"（盛宁，2011）[136]。门罗认为，在作品中传达意义，实际上就是要控制不可控制的东西，即那些总是不确定的、暂时的、超越叙事能力的干扰性力量。门罗的这种创作思想和态度也启示我们进一步思考当下文学创作和评论的现实状况。事实上，正如盛宁所指出的："小说既在死去，又在获得新生。问题在于要有一种新的关于小说的诗学，一种新的对于小说的理解”(盛宁,2011)[136]。

《我年轻时的朋友》采用了拼贴手法,这并非讽刺传统形式的可笑,而纯粹是一种中性的借用。从这个意义上说,该作品可划入后现代主义小说的范畴。而该小说中的拼贴,实则是“形式的拼贴(维多利亚小说的惯例)与意识流(现代派小说最常见的叙述形式)的有机结合”(Nunes,1998)[11]。作为门罗的代表作之一,《我年轻时的朋友》在一定意义上可以说是具有后现代精神的小说文本,其后现代性主要表现为作家透过虚构的文本对社会历史进行了自觉的重构。

门罗的创作一方面承认社会历史现实是一种客观存在,即“文本的虚构或虚构的文本必须在总体上或至少部分地与这种客观存在相吻合”(盛宁,2011)[132]。从这个意义上说,她的作品具有现实主义特质。另一方面,她也对这种客观性产生了怀疑。也就是说,现实世界的存在只能通过作为主体的人所建构的文本的形式存在。因此,这些关于现实的表述都具有虚构的本质。从这个层面来看,门罗的创作又超越了现代主义的认识,表现出后现代主义的一些特征。不过,从本质上来看,她的小说创作是一种自我表达的方式,而作为虚构文本又影响着读者对于现实世界的认知,“塑造出一个令人信以为真的现实”(盛宁,2011)[132]。

《我年轻时的朋友》是门罗具有后现代意义的小说文本,其后现代性主要表现在门罗创作虚构文本主人公经历重构的自觉意识,以及以虚构的文本对社会历史进行重构的自觉意识上。同时,小说形式中选择变化的叙述视角以及开放性结尾所产生的不可靠叙事使人物成为难解之谜。门罗作品中拼贴后现代叙事的独特之处就在于:不是运用拼贴呈现事实,而是通过叙述过程表明文本背后的多个文本,把读者的关注点从主体转向文本意义的生产。

第四节　现实主义融合现代主义:《好女人的爱情》中的叙事艺术

《好女人的爱情》是加拿大诺贝尔获奖作家艾丽丝·门罗迄今发表

的“最大胆的小说集”(门罗,2013d)[1],是门罗创作生涯中具有转折意义的重要作品。小说集“以精彩的细节和坚定的勇气,奠定了门罗作为当代最出色小说家之一的地位”(Thacker,2015)。加拿大门罗研究专家达菲认为,小说集“是门罗的代表作,它所蕴含的深意、复杂的内容令这部作品引人入胜”(Duffy,2015)。小说集的首篇为同名小说《好女人的爱情》,其主题仍然是门罗一直关注的女性、婚姻、家庭,不过小说复杂的结构、丰富的元素表明它是作者在叙事技法上的一次创新。目前相关研究主要关注小说所体现的主题意义和道德意义,对文本叙事特点的探讨还不多。小说究竟如何体现了门罗独到的叙事特质和艺术特征,在门罗创作生涯中具有何种意义,对她今后的创作有何影响?这些都是有待探明的问题。本书将从叙事结构、叙事文体、叙事风格三方面切入分析小说的叙事艺术,进而揭示文本叙事形式所表现的作品主题,以及在作家创作生涯中的重要意义。

一、时空交叉的开放性叙事结构

在《好女人的爱情》中,门罗将多种复杂的元素,包括众多的人物、细节融入了叙事结构(李晖,2018)[92],令小说情节紧张,悬念迭起。小说情节由意外事件推动,而非遵循因果关系的逻辑时间顺序。小说通过倒叙、插叙、预序等叙事手法打乱了时序(申丹 等,2010)[116],使文本呈现出一种时空交错的效果。

小说开篇站在历史视角,描写了保存于瓦利当地博物馆的验光师魏伦斯的工具箱。然后开始倒叙讲述1951年春天的一个星期六,三个男孩子在池塘底的汽车中发现魏伦斯先生尸体的事件。接下来,叙事者没有进而讲述死亡原因,而是埋下伏笔,转而叙述起三个男孩子那一天的活动,并通过他们的经历展示了瓦利小镇人们的日常生活。最后,一个男孩子将发现尸体的事情告诉了家人。不过在警察调查之后,这件事并没有产生多大影响。叙事者甚至说:“多年后已经没人再追究它的来由”(门罗,2013d)[29]。小说第一部分至此结束,魏伦斯先生的死因依旧是个谜。第二部分叙事者似乎开始讲述与第一部分毫无关系的事件。时间仍然停留在1951年，但故事空间转移到了当地农民鲁佩特的家中。该部分主要描写护士伊内德照顾鲁佩特重病的妻子，同时叙事者借由倒叙和插叙讲述了伊内德学生时代的生活和职业选择经历，回顾了伊内德与鲁佩特高中同学时期的交往。这种往事的不时闪回让人物的过往成长与现实事件交织在一起，带给读者一种时空交错的感觉。小说第三部分是鲁佩特妻子向伊内德讲述了过去的一起谋杀案。据她所说，这起谋杀的对象是魏伦斯先生，而谋杀者正是她的丈夫鲁佩特。这留给了伊内德无限的疑虑、纠结、想象。最后，小说第四部分讲述了鲁佩特妻子之死，以及在她死后伊内德对于是否向鲁佩特询问谋杀事件的选择和思考。故事最终在1951年的一个夏日戛然而止。

小说从现时点出发，运用大量插叙、倒叙手法展开追忆，回忆了往事并最终结束于过去的某一时刻。文本中跳跃的时空、现实与历史、未来的交织表现了现实的复杂性，突显了现实生活中平静时刻与突兀事件之间的强烈反差。文本通过时间和空间的交叉营造出一幅图景：人物的现实生活与过去经历交融，现在受到过去的影响。这里的寓意很明显：死亡似乎淹没在平淡的生活中，再严重的事件在现实面前可能都是微不足道的，在如同河流般永不停息的生活中，生老病死这样的重大话题也不过就是一瞬间而已。小说叙事还采用时距转换的手法拉伸了时间，放大了对于具体事件的描写。比如描绘小镇生活时拉伸了时间，将小镇居民一天的日常生活以全景充分地展现在读者眼前。再如，文本最后写河边，时间仿佛凝固了，放大了人物当时的心理状态："她觉得周遭已是万籁俱寂"（门罗，2013d）[54]。门罗对于多种叙事技法的娴熟运用充分体现了其独到的叙事艺术。"门罗搭建起来的是一种超级强大的叙事框架。在她手中，时间和空间这类宏大元素被分割倒错，看似七零八落，四下分岔，却又随时流畅回归，仿佛什么也不曾发生——这是门罗擅长且偏爱的一种架构方式，极具震撼力。不经意间，一个平凡事件，一位普通人物，一段平庸的人生，突然呈现出惊心动魄"（殷杲，2013）。门罗特别擅长把故事以独特的方式呈现出来，通过时间的交错、空间的转换，整体地呈现出人物的命运。这些叙事技法的运用也有助于彰显小说主题：现实生活看似平静的背后涌动着不安，充斥着罪恶，可是生活依旧一如既往地进行。

同时，小说的开放性结尾具有后现代主义叙事结构的明显特征。小说没有明确的结尾，读者只知道魏伦斯先生的死亡；鲁佩特寻找藏起来的船桨；伊内德在河边等待，内心不停地斗争：是质询鲁佩特还是保持沉默。门罗这种开放式的结尾方式与她对写作的认识有关："我不认为人们的秘密能够解释或交流，他们不容易表达情感"（Ross，2002）[769]。事实上，小说开放性结尾的叙事技巧是门罗特别看重的，也是我们生活中经常遇到的情况。这种结尾具有双重效果：第一，结尾的不确定性使读者愈发想要弄清楚作者所要表达的主题，特别是当读者认同伊内德，倾向于把她当作真实生活中的人物来看待时。第二，开放式结尾能够使读者意识到现实和主题的多种可能性。小说结尾被强烈的在场感所替代，充满了持续的不确定性，特别是主题的不确定性，比如主题是否表现了"如何在世界中生存下去"（Ross，2002）[769]。伊内德是耐心的、现实的、富有同情心的圣人，但在鲁佩特妻子去世的当天她思想复杂，想留下但又没有理由，因而在自欺欺人地寻找理由和机会，想让鲁佩特向她表白。当她犹豫是不是应该对听到的谋杀事件保持沉默时，她想起了小时候的一件往事。她把看到父亲出轨的情景告诉妈妈，但妈妈说，有时看到的事情"肯定是在做梦"，而且"有时候人会做一些非常蠢的梦"（门罗，2013d）[54]。想到妈妈当时说的这些话，尽管想弄清楚事情真相，伊内德最终还是选择了沉默。文本这里包含着深深的寓意：也许没有人能够永远承受沉默的负担，但在现实面前保持沉默往往是必须付出的生存代价。

时序的倒错和开放性的结尾是门罗小说叙事方面最突出的特征之一。在《好女人的爱情》中，众多的叙事线索和丰富的叙事内容更加突显了这一特征。这种叙事特点常常与记忆的碎片化及现代生活的不确定性有关，小说意欲表现的人在现实困境面前的挣扎与困惑这一主题由此得到充分的展现。

二、浪漫与阴暗并存的多元叙事文体

《好女人的爱情》是门罗的现实主义代表作，是原型的也是记录的，以准确而神秘的细节描写揭示了人们的生活。小说 1996 年首次发表于《纽约客》时的副标题是“谋杀、神秘、浪漫”，主题是门罗长期以来关注的女性、家庭、婚姻，不过也融入了成长小说和哥特小说的元素。三个男孩子外出度过一个夏日，发现湖中的汽车和尸体。之后悬念逐渐升级，从疾病到骚乱，再到自我压抑的激情。最后，故事有了意外的转折，重新发现爱成为主题。

《好女人的爱情》首先是一部浪漫小说。小说仍然关注两性关系的问题，比如女性生活中保留的哥特式浪漫。作品书写了女主人公伊内德、鲁佩特妻子、魏伦斯夫人、伊内德母亲等多个女性人物的爱情理想与婚姻现实。小说从女性视角审视与爱情有关的问题，历史地描写了 20 世纪五六十年代的女性的生活方式。这一时代的细节被捕捉得富有魅力且无比准确。比如，文本在讲述魏伦斯太太得知丈夫死亡消息的反应时这样说：“他们所知所见的，好像都被她的茫然无觉推开击溃了”(门罗，2013d)[22]。夫妻之间的冷漠跃然纸上。

《好女人的爱情》也是一部关于成长的小说。“教育成长小说最终在叙事中将作为个体的主人公建构成为既成长变化，又前后统一的自我主体”(芮渝萍等，2007)。小说一方面关注了三个男孩子的成长，从他们的少年时代一直写到工作成家以后。小说对于他们少年时代的经历有这样的描写：“他们这样说话，好像他们无拘无束——或者差不多是无拘无束的，好像他们不用上学，没有家人同住，也不用遭受他们这个年纪不得不忍受的种种羞辱”(门罗，2013d)[28]。另一方面，小说从职业选择、感情经历等方面深入刻画了女主人公伊内德的人生与情感成长历程。小说中有这样的叙述：“还在青年时代，她就飞快地轻易地滑入一种必不可少位于中心，却又相当孤单的角色”(门罗，2013d)[39]。除了个人成长经历的书写，小说还表达了对于一代人成长的看法：“你不能说他们选择了错误的生活，或者违背了自己的意志，或者没搞明白自己的选择。只不过，他们没料到，时光飞逝，他们非但没能超越昔日的自己，或许还不如当初”（门罗，2013d）[46]。

最后，小说充满了谋杀、神秘、未解之谜、谎言，体现了哥特小说的典型特征。“哥特文学的传统是用恐怖、夸张的艺术创作手法，揭示社会、政治、道德、宗教以及科学发展中的罪恶。在情节上，它浓墨重彩地渲染暴力与恐怖；在主题上，主要通过揭示社会、政治、宗教和道德上的邪恶，揭示人性中的阴暗来进行深入的探索，特别是道德上的探索”（肖明翰，2001）[16]。《好女人的爱情》中的故事地点是安大略的一个日常小镇——瓦利，但却与谋杀等原型故事纠结在一起（McCombs，2000）[332]。女主人公是哥特式的人物，笃信宗教，却又爱上了可能是谋杀犯的男人。小说关注善与恶的问题，充满宗教性（蒲若茜，2006）[12]。对于伊内德既想履行护士的义务又想得到爱情的内心矛盾与斗争，文中有这样的刻画：“她思忖，如果她是个天主教徒，会在忏悔时坦白吗？这实在不像她在哪怕私下的祈祷中会提及的事。她已经不怎么祈祷了，除非参加正式的祷告。把她刚才的感受告诉上帝似乎毫无用处，而且是亵渎的。上帝会为之蒙羞吧。她自己的思想令她蒙羞。她的宗教是充满希望、质朴实在的，没有空间容纳糟粕，比如恶魔对她的安眠的这种入侵”（门罗，2013d）[49]。

可以看到，小说的主题仍然有关女性爱情、婚姻、家庭，不过小说所注入的哥特文学与成长故事叙事元素与传统的现实主义描写之间形成了对比，而小说所竭力表现的各种不平静背后依然是普通平实的现实生活。门罗把两者很好地融合起来，体现了现代生活多元化的本质。

三、现实主义与现代主义融合的叙事风格

门罗的写作常常是对现代生活碎片化的反映，也保留了传统现实主义小说忠于时代的特色。《好女人的爱情》是门罗的现实主义代表作。小说中有大量对于人际关系、生老病死，甚至谋杀事件的现实主义描写。对于男女主人公鲁佩特和伊内德的关系，文本中说：“他不可能

忘记。不过他对待伊内德，就好像刚认识一样，好像她只是他老婆的看护，不知从何处来到他家"（门罗，2013d）[32]。小说这样描写伊内德照顾的那些病人的痛苦："伊内德理解他们陷入的痛苦，死亡的痛苦，以及有时令死亡也相形见绌的生之痛苦。她们的自信一去不返，昔日的肆无忌惮被温顺甚至虔诚所取代"（门罗，2013d）[36]。文本描写魏伦斯先生死亡时嘴角流血的样子时说："那恰似你在家煮草莓做草莓酱，锅中白沫里泛上来的淡淡粉色"（门罗，2013d）[45]。这样的修辞充满了日常生活的气息。从这样生活化的比喻中，我们得以"窥见一位操劳家务的优雅太太的身影，提醒着我们如下事实：门罗是一位神奇人物，写作之余，其实她大半生都是家庭主妇，忙于照料家人"（殷杲，2013）。

小说第一部分对于小镇日常生活的讲述尤其彰显了作品的现实主义风格。小说刻画了社会各个场所和形形色色的普通小人物，从酒吧、百货商店、市镇大厅到啤酒馆、警察局、售货亭，从波克斯上校、波洛克先生、费格斯索利先生到帕加特太太、泰维特船长。这继承了19世纪现实主义小说的叙事风格。小说也描写了普通小镇居民日常生活的点点滴滴。比如对于母子关系的描绘："西斯知道妈妈对于他们的生活感到羞愧，对于站在他面前，都感到羞愧。这种时候他会憎恨看到她，尤其是她说，他是个好孩子，他不要以为她对他的努力无动于衷的时候"（门罗，2013d）[26]。小说对于包括主人公伊内德在内的多个女性形象的现实主义刻画尤其令人印象深刻：伊内德仁慈体贴的好女人形象和内心的挣扎；鲁佩特妻子的歇斯底里和绝望；伊内德母亲面对丈夫出轨的无奈和沉默等等。的确，门罗擅长写的是女人，她也习惯从一个女人的角度去看生老病死。"门罗出生在渥太华，大部分时间都在这个安静的城市度过。她的小说写的也都是这个城市郊区小镇上演的平民中的爱情和日常家庭生活，但涉及的却都是和生老病死相关的严肃主题。早期创作中，她描写的是一些刚刚进入家庭生活的女孩子，为爱情、性、背叛、孩子等苦恼，到后期，则是在中年危机和琐碎生活中挣扎的女性，但她们都有着欲望和遗憾，有着强大和软弱之处。看门罗的小说，无需去繁华富丽的都市，亦无需前往偏远山乡净化心灵，在你身边，就演绎着活生生的生老病死”（门罗，2013d）[1]。

此外，《好女人的爱情》还透过景物描写的象征意义反映人物内心，这正是19世纪现实主义小说的重要写作特点。景物富有的象征意义加强了小说的主题意义。比如，小说以绿色和花开象征充满希望的美好未来：“岸边树木依然光秃秃的——唯一入眼的绿色就是入河的小溪沿岸绿莹莹的野葱和驴蹄草”（门罗，2013d）[5]。“看到连翘花总能让人开心，它们是春天的第一批花儿呀”（门罗，2013d）[21]。而对于“花床上的杂草，它们和坚韧的多年生植物抢夺空间”（门罗，2013d）[51]。这里的象征意义很明显：伊内德成了鲁佩特家的侵入者。

小说在坚持现实主义叙事风格的同时，文本中多种丰富意象的隐喻也体现了作品的现代主义特征。比如，门罗家乡的梅特兰河以多种方式频繁出现在她的小说中。在《好女人的爱情》中，河流寓意着生活中充满暗流和波浪，而一切又终将归于沉寂。而与河流有关的“船”作为救生用具则隐喻着人生困境的出路。再比如，对于“手”这一形象的特写隐喻着欲望等人性中阴暗的一面。“水里有个黑乎乎毛茸茸的东西，像什么大动物的尾巴，从车顶上的小窗伸出，晃来荡去。那手非常白。它歪歪扭扭优柔寡断地飘在那儿，好像一片羽毛，却又像块面团一样敦实”（门罗，2013d）[6]。而魏伦斯先生的工具箱可能隐喻着伊内德未来的命运；男孩子的家庭不幸隐喻着伊内德和鲁佩特两个不幸的家庭；伊内德的梦境则隐喻着主人公内心真实欲望与道德规范的激烈冲突。众多形象的隐喻构成了不起眼的事件，成为与文本整体叙事结构不符的突兀性细节，体现了作品的现代主义风格。

门罗被誉为“当代契科夫”，她的小说充满了现实性，是对日常生活的深刻描写，同时又富有鲜明的现代主义小说特征。与早期以第一人称“我”为叙事主体的作品不同，《好女人的爱情》无论是在叙事的现代性特征方面，还是现实生活的主题表现方面，都更为成熟，更为深入。比如文本中主人公伊内德超越时空的自由联想；语言形式上对意象比喻、不同文体的广泛运用；在人物形象塑造方面，不注重塑造个性鲜明的典型人物形象，而是重在表现作为主体的人与社会、与物质、与他人以及与自我的全面异化。这些都标志着门罗在创作中开始了新的尝试，也实现了叙事艺术和主题表现上的突破，为日后的继续创作打开了一扇新的大门。

《好女人的爱情》是门罗创作生涯转型时期的代表性作品。门罗通过对旧素材的多层次复杂改写，一方面坚持了时空倒错、开放性结尾等富有个人色彩的独特叙事形式，另一方面也为文本注入了新鲜的元素，使小说在叙事结构、叙事文体、叙事风格方面都表现出丰富性和多元化的特点，在继承早期小说一些典型表现特质的同时，实现了叙事艺术上的创新和突破。小说展现了爱情法则、感性诗意的语言以及对于女性爱情的思考，揭示了平静现实生活表象下的暗流涌动，反映出普通人在现实世界中的无奈与妥协。门罗所写的并不是道德故事，而是探索人类的缺点瑕疵。门罗对于生活本质的把握，以及借由娴熟叙事手法对它的呈现使小说充满魅力和意义，作品彰显的艺术特色、涉及的道德理想发人深省。作为她最重要的代表作之一，《好女人的爱情》在门罗一生的创作生涯中占据着无可取代的重要地位，奠定了她日后创作新的基础。该小说叙事艺术的分析对于进一步深入理解门罗作品创造的深层动机和文学表现特质都具有重要的启示意义。

第三章　后期多元的创伤叙事

从2001年出版的小说集《恨、友谊、追求、爱情、婚姻》到2012年的封笔之作《亲爱的生活》，门罗在后期的创作中尝试注入了更多的元素，比如出现了以男性为主人公和叙事者的作品。在尝试创新的同时，门罗的作品又表现出回归传统主题的特点，即围绕女性情感的主题。不过，在这些主题似曾相识的作品中，作家的情感表达更为隐忍、内敛，使作品呈现出看似平静如水，实则暗流涌动的风格。洗练的语言更是加强了这一印象和效果。可以说，这一阶段门罗的创作达到了一种境界，即看似平淡如水的表象背后传达出对生活的透彻洞悉和对生活的透视与思考。

第一节　缺失与寻求：《奎妮》中的自我迷失与追寻

《奎妮》是门罗中期小说集《恨、友谊、追求、爱情、婚姻》中的第八篇。译者在小说集后记中说："在该小说集中，门罗提炼了人一生情感生活中几乎所有的主题，用敏锐细腻的语言记述了九个极端接近人生真相的故事。情感没有边界，堕落没有底线，生活没有输赢"（门罗，2013e）。对于《奎妮》，评论者多认为："该小说是门罗作品中情感浓度最深的一篇。"小说讲述了一位中年女性回顾自己从少女时代起，和来自继母家庭的姐姐奎妮交往的故事。门罗很多作品都蕴含着人物生活中的顿悟与成长，《奎妮》关注的即为女性的情感经历与人生成长。或者说，作品的主题是关于自我的迷失与追寻。本书将从叙事心理学的视角切入，从主体与自我、主体与他者、主体与外部环境三个层面，分析小说所表现的叙事特点与自我追寻的主题，以及小说如何透过叙事写作表现出感情的深度，吸引读者。

一、创伤叙事与“他者”映射下的自我主体

亨利·詹姆斯认为：“最广义的自我，常包含着伴有‘我的’这一意识的事物。可以将‘自我’分为所有我、身体我、精神我、纯粹（主体）自我（即主我）”（王卫新，2012）。

《奎妮》中，身为中年女性的主人公的孩子们已经长大，丈夫也已退休，经常旅游，与姐姐奎妮失散多年未见，却总觉得有时确实看到了姐姐。可以说，尽管多年没有姐姐的任何消息，可姐姐已经成为她自我的一个部分。表面上，她想要找到的是姐姐，和姐姐团聚，而实际上这可能更多是她对于自我内心情感寄托的追寻。正如主人公所说，她总觉得有时看到了姐姐，可“看见她，不是因为特别想见她或是花了力气去找她，也不相信真的是她”（门罗，2013e）。因此，这种追寻实际上是对自己内心缺失的一种弥补。

小说结尾处，主人公坦承自己还在徒劳地寻找姐姐，想象她出现在不同地点，却又总是失望。主人公讲述了四个她觉得见到了姐姐的场景。其实，这些对于场景和人物的描写反映的正是主人公的主观意志，是她作为主体自我内心的感受和愿望。这四个场景与其说她是在寻找姐姐，思念姐姐，不如看作是她对于自我的理解和认知。第一个场景是在机场。主人公觉得“姐姐穿戴华丽，朋友众多，皮肤黝黑，生活健康而满足”。第二个场景在教堂门口，姐姐“看起来既不健康也不富有”。第三次，她在十字路口见到姐姐，带上幼儿园的孩子们去游泳池或是公园。“富态的中年人体态让人看着坦诚而舒服。”最后一次见到姐姐，是在一个超市。看到的姐姐是“一个老女人靠在购物车上，仿佛在等自己。满脸皱纹，皮肤显得很不健康。生活拮据，精神萎靡。似乎在对我微笑，也热切地希望我能认出她来。”可是不管多少次仿佛看到姐姐，主人公都告诉自己，那是不可能的。四个场景的矛盾反差展现的正是她对姐姐生活的想象，也是她自我的内心挣扎。她明白无论自己多么渴望追寻失去的姐姐，姐姐都不可能回来，“她把我抛弃了”。可以说，这

种内心热切的渴望与残酷的现实之间形成的巨大反差，更加突显了主人公对于失去姐姐的无奈和伤感。对于自我而言，主人公将永远在失去的自我与自我追寻之间挣扎往复，这也正是生活本质的一种悖论：在失去与找寻之间反反复复，生活下去。

二、记忆之链与“他者”互动中的主体

拉康的镜像认同理论主张：“主体一生中将与不同客体发生多次镜像认同。自我是像洋葱一样的多层组织，它的形成得益于与所爱客体的连续认同。主体将历时地经历一系列镜像认同，在与他人建立的想象性关系中，镜子阶段的经验不断重复。自我在一系列镜像认同中从无到有，随着自我的变化，主体与他者的关系也从内化转为投射”（龙丹，2014）。黑格尔也指出：“自我意识就是欲望”（张德明，2001）。因此，可以说，自我意识是在与他者的关系中确定的。

《奎妮》的叙事强化了主客体之间的联系，即叙事者“我”和离家的姐姐之间的关联。“我”在和姐姐的相处中不断获得成长。小说中，姐姐奎妮两次逃离家庭或婚姻。第一次是十八岁时和妻子亡故的邻居、一名音乐老师私奔，在多伦多的一座破旧公寓生活。第二次，因为长期不幸福，和丈夫的男学生出走，留下丈夫找寻她的消息。奎妮始终在追寻自己的生活，这种自我的追寻始终建立在和他者的关联上。姐姐的两次逃离都对主人公“我”产生了重要影响。第一次，“我”早上醒来，发现姐姐离开了家。“内心感到非常失落，仿佛失去了重要的东西。”第二次，“我”住在姐姐多伦多的家中，慢慢发现姐姐的婚姻非常不幸福。后来姐姐又一次离家，“我”再也没有了她的消息，此后一直在寻找她。可以说，主人公的自我成长和成熟始终是和与姐姐的交往，以及失去姐姐联系在一起的。

作为个体的记忆具有意识和无意识两个层面。黑格尔指出：“人的自我意识起源于与另一个意识的接触”（Kojeve，1969）。拉康的心理学理论也强调，“镜像阶段”在自我意识中形成非常重要，自我意识是在“他者”的观照下形成的（Lacan，1977）。而从心理学角度看，记忆链的

断裂或记忆的丧失意味着自我意识的丧失。因此，“作为个体的自我存在的标志是有记忆，记忆之链把过去之‘我’与现在之‘我’连接起来，重新构建出新的自我”(张德明，1999)。

三、多声部叙事与外部环境中的主体自我建构

小说《奎妮》中主体与环境的关系体现在两方面：第一，姐姐奎妮随着外界环境改变发生了显著变化。第二，主人公“我”在环境的变化中逐渐成长，寻找自我。

首先，姐姐离开家一年半后，主人公在教师学院工作前，前往姐姐家，和她生活了一段时间，找暑期工作。小说开场，主人公在车站见到姐姐，“感觉似乎一切都变得不确定了，甚至是奎妮这个名字都已经不在了。”“我”在车站见到姐姐，叫她奎妮，她说“还是别那样叫了”，因为她丈夫不喜欢。“现在她是莉娜了。”接着，小说写到奎妮的外貌也发生了戏剧性的变化。主人公在车站等候的人群中看见姐姐时，差点儿没认出来。“她的头发染黑了，在脸周围散开来，原本漂亮柔顺的玉米浆颜色的长发再也没有了”(门罗，2013e)。发生变化的还有她的生活。缺失和不协调的感觉随着小说叙事进程的发展而不断展开。叙事者对于姐姐形象的自我意识，还有说话的方式都有着“失去”的感觉。在学校时，奎妮是每个人都愿意交好的人，被选进了棒球队、拼写小组。在主人公眼中，“奎妮有那么多优势，却仍然可以做一个温柔善良的孩子。”可是在私奔离家后，她的生活从幸福的父亲家转移到了多伦多的一个破旧公寓。婚姻生活也不幸福，丈夫的大男子主义令她的生活谨小慎微，毫无自尊和地位。为了迎合丈夫，她甚至很在意自己的口音和修辞，还有说话的方式。奎妮在和妹妹前往公寓的路上，自我纠正说话，说丈夫不喜欢她那样的说话方式。女性叙事者，或者说女主人公的个人言辞是门罗小说中反复出现的主题。奎妮的个人语言风格与丈夫的社会阶级不符，被男性认为需要修改或是修正。她因此失去了个人的语言，进而失去了身份标记、个人独特的交际和修辞风格特征。可以说，她的自我在与他者的关系中逐渐丧失。不过，她始终在追寻自我，

因此最终又一次逃离婚姻和家庭。

“在交际记忆的文化转换中，小说在叙事中利用了记忆固有的特性：借助记忆在时间上的流动性和不稳定性，建立代际对话和多声部叙事，将个人经历的历史记忆带入当下现时语境并指向未来。然而，记忆不仅是历史的，也是空间的，是不同空间片段的连续，特定的空间能够激活历史的记忆”(邹萍，2018)[49]。奎妮的身份随着她在不同空间，即小镇和大都市多伦多的活动，交织在一起，产生了身份认同危机，构成了她复杂的伦理困境。“小说利用记忆的空间性，通过主要人物地理位置的变迁和记忆性的叙述，以记忆的反思性完成主人公的身份认知和建构。因此，小说构建起一个包含历史记忆、自我批判、个人情感和身份认同的回忆空间，以独特的审美叙述形式，完成了对个体经历历史的记忆化书写”(邹萍，2018)[49]。“记忆负载着连续感、身份和个人生活的价值等所有的含义，与其说它们具有时间特性，倒不如说它们更具有空间特性”(程锡麟，2009)。也就是说，门罗小说的记忆叙事是在时间与空间的交织下展开的，空间成为引起回忆的关键要素。

小说还运用了多声部叙事策略表现奎妮的自我记忆、反思与成长。“多声部叙事是把交际记忆转换成文化记忆的重要途径之一，构成了文本的意义发生器，从而把历史的真实事件提升至超越时代的文学经典，为不同时代的读者提供了不断认识和发掘文本可阐释空间的可能”(程锡麟，2009)。小说以叙事者“我”的第一人称视角作为叙述主体展开叙述。“我”既是记忆的承载者，也是历史记忆的叙述者。“我”不断挖掘、探索和讲述人物的过去经历，同时注入自我反思和评论，在这一过程中实现了自我身份重构。与此同时，又通过对他者经历的不断反思和叙述，形成发展了自身身份的认同。同时，文本中也出现了叙事者与他者的互动，其中有家族记忆回顾，有叙事者的亲身经历，还有与叙事者互动的他者，由此造成多声部叙事效果。

《奎妮》描写了人的孤独、空虚，充满失落感的心理特征，这种现代社会独有的空虚失落感引人共鸣。小说传达了自我丧失和自我追寻的真谛,剖析了人的价值和生存意义。姐姐一直在追求幸福,同时也是寻求身份认同,却不断遭遇失败,不过最终仍然选择追寻。门罗在小说中展现了加拿大女性,也可能是各个地方普通女性,追寻幸福和身份认同的历程,唤起了普通人的共同感受与记忆。小说的记忆书写为我们理解如何对待个人创伤的记忆提供了启示。小说彰显出门罗对加拿大女性生存状态与身份建构的深刻理解与艺术创造。可以说,门罗小说正是透过记忆叙事对个体苦难进行追溯和再现,通过多声部叙事、空间记忆等叙事技法,把过去的真实与现实的审视交织在一起,"让逝去的记忆和现在成为相互关联的有意义的整体,在实现历史记忆重构的同时也完成了自我审视和身份认同,彰显出正视历史、不轻言遗忘的勇气和追求,表现了作家关注现实的创作追求"(邹萍,2018)[54]。

第二节 《留存的记忆》中的"记忆"真相与人生抉择

记忆书写是门罗小说的重要主题。收录于小说集《恨、友谊、追求、爱情、婚姻》中的《留存的记忆》全篇围绕女主人公梅里埃尔老年时对二十多岁时一段往事的回忆展开。她和丈夫去外地参加丈夫好友的葬礼后,丈夫去别处工作,将梅里埃尔委托给葬礼上遇到的一名无人区医生,请他开车送她去山区看望她在养老院的姨妈。两人途中迸发出激情,梅里埃尔有了一次婚外情。不过,这次突如其来的感情只持续了不到一天,伴随着女主人公到港口坐船回家而结束。可是,在此后三十多年的婚姻生活中,梅里埃尔始终留存着对于当日的记忆。甚至丈夫去世后,医生也去世后,这段记忆仍伴随着她。可以说,小说是门罗关于女性情感记忆书写的经典作品。

以往的相关研究多认为,小说表现的是女性在爱情、婚姻中的矛盾处境,多指出小说涉及的伦理道德含义,比如医生对于感情的态度,女主人公的家庭责任感等。本书作者认为,该小说的重心更偏重人生中的情感缺失与留存,因为伦理不是门罗作品女性情感主题的关注重点,她只是真实地刻画生活中的可能性,而不作主观的个人评判。

事实上，与门罗以往的很多小说表现女性的情感婚姻痛苦、创伤经历不同，《留存的记忆》是表现女主人公主动选择人生命运和情感的一篇独特的小说。虽然小说书写的仍然是记忆，但其塑造的主人公与以往作品却有着明显差别。另一方面，作家的记忆叙事和主体自我表现仍采用个人独特的手法和风格，对往事的记忆自始至终贯穿全文。作者在回忆往事的整体结构中，又插入了多个分支记忆，使文本充满立体感。此外，记忆书写重在表现人物直接的情感与心理感受，很多描写直白透彻。因此，本书将从以下三个层面剖析文本中的记忆书写，以及如何表现女主人公的积极选择，即小说中的情感缺失与留存：婚姻生活的维系与本我的压抑；短暂的本我释放与永恒的自我记忆留存；抛弃的记忆与自我重构。通过记忆书写，作品启示读者思考人生中的失去这一重大主题。此外，小说中两个细节描写蕴含的意味及其对于叙事者自我建构的意义值得思考：第一是女主人公聚会时对于餐巾纸的感觉，第二是葬礼上牧师的一番话。

一、婚姻生活中的压抑本我

小说中，女主人公梅里埃尔的婚姻生活平淡乏味，和丈夫在很多问题上的价值观都不同。因此，她的内在本我渴望逃离。夫妻生活的平淡表现在以下几个方面。

第一，小说开头是梅里埃尔回忆参加丈夫好友葬礼前的一个场景。在温哥华一间旅店的房间里，梅里埃尔带上白色短款夏日手套。“她微笑起来，因为想起泰国的诗丽吉王后说过的话，或者杂志中引用她的话。‘巴尔曼教会了我一切。’她说：‘永远戴白色手套，那是最佳选择。’梅里埃尔心想：‘最佳选择。’她为什么要为这话笑呢？这似乎只是一句轻声的建议，既荒唐又包含无穷的智慧。”而丈夫皮埃尔问她为什么笑。她告诉他原委后，他问：“巴尔曼是谁？”（门罗，2013e）[235]。可见他对妻子的喜好完全不了解。此外，看望姨妈时，梅里埃尔感到对能离开家人的这段时间满心期待，尽管她没有这么说。

第二，关于丈夫好友的死因，夫妻二人意见相左，为此闹得不愉快，表现了对彼此社会关系的不认可。当女主人公问丈夫好友乔纳斯的死因时,他说是自杀。而她说不是,是意外。“当时天已经黑了,他骑着摩托车行驶在石子路上,后来便驶离了路面。有人发现了他,陪着他,救助很及时,但他不到一小时就死了。他受了致命伤”(门罗,2013e)[235]。“他母亲在电话里是这样说的。”“皮埃尔说自杀式的态度是认命,根本不感到奇怪。而对于姨妈,这个她母亲曾经爱戴和崇拜的女士住在养老院,皮埃尔不喜欢气氛和那里的人们,他问妻子这个人和她有什么关系,似乎她不是个真正的姨妈”(门罗,2013e)[240]。

第三,小说透过梅里埃尔夫妻二人的生活表现出那个年代家庭生活的普遍状态:枯燥乏味的丈夫,跃跃欲试的妻子。“在那个年代,年轻的丈夫们是很一本正经的。不久前他们还是求爱者,几乎是玩物,奴颜婢膝,因为性的痛苦而绝望。当婚姻之实已是铁板钉钉,他们就变得果断、挑剔。每天早上去上班,脸刮得干干净净,年轻的脖子上打着领带,在无名的工作中打发一个又一个白天。晚饭时回家,挑剔地看一眼晚餐,抖开报纸,举着,挡在自己与厨房、疾病、情感和孩子的一团混乱中间。他们要迅速掌握很多东西。如何对老板毕恭毕敬,如何管理妻子。如何在抵押贷款、挡土墙、草坪排水管、政治,以及如何在接下来的二十五年中以一份工作来养家糊口这些事情上享有权威。那么,可以溜回第二个青春期的是女人——在白天,在承担照料孩子这种惊人的责任之余,丈夫不在,精神放松。梦想的叛逆,造反的聚会,高中时那种阵阵狂笑,在丈夫不在的时候,在他付费的四壁间迅速滋生”(门罗,2013e)[236-237]。

第四,葬礼结束后的午餐会上,夫妻二人对于食物的分歧。梅里埃尔和皮埃尔的母亲说他“可以回来再添的”,皮埃尔漫不经心地说:“也许剩下的都是我不想吃的”(门罗,2013e)[236]。可以看出,夫妻二人在生活鸡毛蒜皮的小事上,也互不相让。

《留存的记忆》是女主人公也是叙事者回忆自我经历的文学作品,小说最突出的特征是作品始终贯穿着“多重记忆”。小说中女主人公的选择性记忆“暗示着她的身份不仅仅依存于现在，而且不可避免地和过去联系：既是一段个人的过去，也是一段属于集体的、超越了个人历史的过去。因此，主人公所叙述的过去事件也构成了她身份的一部分，她的重述可以被视作定义或明确身份的一种尝试。记忆构成了个人的身份，但记忆不仅仅是事实的简单堆砌，而是富于创造力的重复，带有个人生活的印记”（谭琼琳 等，2018）。小说女主人公是创伤的经历者，也是故事的讲述者。主人公的回忆叙述表现出她“试图靠近创伤之源的努力，也是情感宣泄和对创伤的不断认知”（王欣，2013）。在她的讲述中，叙事时间不是线性的，而是过去嵌入现在的多层记忆，过去的经历，特别是创伤经历的意义在这一过程中得到反复思考。

二、短暂的本我释放与永恒的记忆留存

小说没有太多关于医生这一人物的直接描写，而是通过对丈夫皮埃尔同样成为无人区医生的好友乔纳斯的刻画间接表现的。“乔纳斯学的是工程。大学毕业后，从来没有固定的女朋友和工作。他似乎总是在试用期，从来没有在任何公司转过正，至于女孩子——至少听他说——总是与他处在某种试用期状态”（门罗，2013e）[234]。“他还在学习开飞机，考虑做一名无人区飞行员”（门罗，2013e）[235]。

梅里埃尔与医生的第一次相处和与丈夫的初识完全不同。在葬礼上第一次见到医生时，女主人公就想起了和丈夫初识的场景。这对文本背后的叙事进程有着一种预示的意味。小说有很多对女主人公心理和感受的直接刻画，突出表现了这些记忆多年后给女主人公留下的深刻印象。动心的感觉仿佛那样真实，好像就在昨日。“一路上，她都在听自己说话。她也不是在天南海北地瞎扯，她只是在试图表达她觉得有趣的事情，或者说如果她能把它们表达清楚的话，会很有趣。即使她知道没有用，知道她的话对他一定像是一种负担，她也无法让自己停下来”（门罗，2013e）[242]。“他们下了车，朝前门走去。她感觉到自己起了什么变化。她突然感到一种神秘的力量和快乐，仿佛每迈一步，就有一条光明的信息从脚跟传递到头顶。后来她问他，你为什么要和我一起

进去？他说，因为我不想让你从我的视线里消失”（门罗，2013e）[243]。

梅里埃尔与丈夫没有默契，对很多事情的看法都有冲突，而与医生认识第一天就十分默契。在养老院看望姨妈时，“过了一小会儿，梅里埃尔和医生交换了一下眼色，意思是说是不是待得太久了。私密、体贴，几乎是夫妻之间的一瞥，其中的伪装和淡漠的亲密，能唤起那些还没结婚的人的兴趣”（门罗，2013e）[248]。“她想上洗手间。一阵轻松，但还有一个困难，就是她不得不突然离开他身边，说稍等一下。她的声音连自己听起来都觉得冷淡而气恼”（门罗，2013e）[248]。“内心的慌乱不安。她现在不确定，她是下一件事，还是要了结的那件事”（门罗，2013e）[249]。

“当医生问她去哪儿时，几乎就像是在对一个孩子说话。梅里埃尔说：‘我不知道。’仿佛她没有选择，只能让自己变成那个累赘的孩子。她忍住失望的悲叹，压抑欲望的喧闹。那欲望似乎羞怯而零星，但又不可避免，现在一下子不合时宜地单方面宣布出来了”（门罗，2013e）[249]。“带我去别的地方吧。这对她很重要。冒险，权力的转移。完全的冒险和转移。让我们去，就会有冒险，而不是放弃，而这种冒险对她来说，每次她在心中重温这一时刻时，都会是堕入淫欲的开端”（门罗，2013e）[250]。“她宁愿要另一个场景，来替代她的记忆。……在那里，她要走过小小的大堂，低着头，胳膊贴在身体两侧，整个身体弥漫着强烈的耻辱。他会用低低的毫不张扬的声音跟接待员讲话，但是并不掩盖他们的目的，或是为之感到抱歉”（门罗，2013e）[251]。“为什么她要凭空想象，为什么要加上那个场面是为了那暴露的片刻，当她走过假想的大堂，刺骨的羞耻感和自豪感会遍布全身，是为了他的声音，他对服务员说了些她没听清楚的话，声音中带着慎重和威严。”

对于两个人后来去公园和公寓的细节，女主人公记得非常清楚。比如，小说中写道：“医生直视着梅里埃尔。不是那种让人不悦的目光，既不鲁莽也不狡猾，这算不上是赞扬，但也不是场面上的恭维”（门罗，2013e）[241]。“他从两把椅子之间伸过手来拉起梅里埃尔的手，紧紧地握了片刻，然后放开”（门罗，2013e）[246]。“他说：‘如果你不介意的话’时的方式，礼貌得体，但也有一种不确定的语气，令她吃惊。仿佛他所贡献出的时间和精力都和客套无关，而是和她有关。是稍带诚恳地谦逊地主动请缨，伸出援手，而不是请求。如果她说她不想再占用他更多的时间，他就不会再费口舌劝说她了，他会客气地道别，然后开车离开”（门罗，2013e）[243]。告别时，“这种在婚姻生活中似乎让人心情沉重和沮丧的现实安排，能在这些不同的场景中在她身上激起一种微妙的热度，一种新奇的慵懒和屈就。到达乘客甲板后，她在看到的第一个座位上坐了下来”（门罗，2013e）[251]。于是，小说的结局就是离别、失落、无奈。

与医生这一他者的互动揭示出女主人公记忆主体构成中的他者性问题。如果从人物的心理切入，可以发现作为个体的女主人公的自我存在证明即为留存着的记忆，记忆把过去和现在的“我”联系起来，形成一个当下特定的自我。因此，曾经的那一段充满遗憾和痛苦的往事成了女主人公永远挥之不去的创伤。在《留存的记忆》中，女主人公有时会逃避过去，不过她仍然会时不时地想起过去，回忆起和医生在一起短暂的一天，正是在这一次次反反复复的回忆中她实现了自我身份的认同和重构。

个体的记忆具有意识和无意识两个层面。“通常，记忆将人与过去的感觉经历联系起来，唤起对某些与他们过去有关系的实物或场景的感觉，而感觉又能提供一种唤起思想进行记忆的刺激”（张德明，2001）。小说中，女主人公的很多生活经历都与她无意识的记忆有关。小说中，女主人公的生活始终没有放弃或脱离重拾对过去的记忆。她不断重新回忆、思考、体会早年的那段经历，感到她当下的存在和身份与早年的生活之间有一种必然的连续性。记忆让女主人公重新认识现实，并再次审视和发现过去经历的意义。

值得注意的是，门罗小说记忆书写中常运用“房子”等空间意象。“‘房子（除了身体之外一个人最私密的空间）与身份建构息息相关’这一论断，在心理学发展初期就被心理学家们认可，在那之前几百年间就被作家们所描摹。身份建构需要个体创造一个空间为自我所占据，或者定义一个隐喻空间进行言说”(荆兴梅 等，2011)。因此，在门罗小说的记忆叙事中，房间就成为一种象征，不仅是个体的生存空间，更是由记忆所建构起的人物内心世界。“门罗用小说中的创造性记忆填补了时空信息传递中断造成的经验记忆偏差，以此来找回主体性建构中的关键，所表现的主题关注主体性、多重现实以及个体在历史中的地位与作用”(荆兴梅 等，2011)。

三、抛弃的时光变迁与消逝的青春记忆中的自我重构

小说中，女主人公回忆在养老院见到姨妈时她的样子。“她苍白的脸上和手上遍布着巨大的斑点，白斑会吸收各种光线，变成银色。她曾经是真正的金发美人，面颊红润，瘦削，精心修剪的直发在三十多岁的时候就白了。现在她的头发被枕头摩擦得乱蓬蓬的，耳垂耷拉着，像扁平的乳房。她耳朵上过去戴小钻石，它们上哪儿去了，她耳朵上的钻石，真的金项链，真的珍珠，颜色奇异的丝绸裙子，琥珀色，茄紫色，漂亮的瘦瘦的鞋子”(门罗，2013e)[244]。

当医生问姨妈怎么知道他是和梅里埃尔一起来的时，她说：“我可以辨别出来，我过去是个恶魔。”“而她的声音，其中的颤音和傻笑，与梅里埃尔记忆中的不一样。她感到，就在这个突然陌生起来的老妇人身上，她感觉到仿佛有某种骚动的背叛。一种对过去的背叛，背叛了梅里埃尔的母亲与一个卓越之人的友谊。因为过去她和梅里埃尔母亲的交谈是阳春白雪的，而现在却即将发生堕落。梅里埃尔对此感到不安和淡淡的气恼”(门罗，2013e)[246]。

最终，在这次探视之后，梅里埃尔果断彻底放弃了再去探望她的想法。可以说，这次探视彻底颠覆解构了姨妈在她过往记忆中的美好形象，成了一个蓄意侵犯女主人公个人隐私、挑战女主人公道德底线的邪恶对象。

从小说的叙事来看，回忆性的讲述有两方面的作用：第一，是个体对过往生活经历的概括和总结。在《留存的记忆》中，主人公的回忆再

现不是为了回到过去，而是为了更好地生活下去。第二，回忆性书写又是作家本人创作中的一种尝试与探索。二者不可分割。门罗记忆书写的独特魅力就在于“她通过回忆视角的功能，建构了整体的自我与作品，使得情感得到了理智的、非个人化的表现”(吕洪灵，2013)[59]。

在表现时光变迁这一点上，门罗的记忆书写和艾略特的记忆观有着相似之处。艾略特的记忆观是她构筑其小说人物个性的重要组成部分。“记忆的重要性在于其结果可以把过去和现在结合在一起，使得传统不仅仅被再现，而且被重新实现和实践。记忆是认识人的本性真实感觉的关键，因为记忆使一个人的行为与其整个人生经历保持了一致。如果不能与自己的过去保持连续性，它就是不真实的”(崔东，2003)[68]。几乎所有的门罗作品中都有关于记忆的表现。门罗在创作生涯中，将以往生活中的各种素材置于作品中，表现出一种创作的连续性。

《留存的记忆》是一部关于记忆的故事。本书从情感记忆、创伤记忆、成长记忆三方面分析女主人公建构自我的独特视角：女主人公与丈夫的情感记忆促进了她的自我与家庭伦理身份的认同；与医生一段经历的创伤记忆帮助她重新认识自我与过去、未来的联系；成长记忆唤醒了内心的身份归属感，在回忆中女主人公找回曾经热爱自然的自我，在失去中带着希望展开未来的生活。小说有很多心理描写，非常真实，同时，又以全知视角表现人物内心，充满了生活的哲学，发人深思，表现了记忆对人的深远影响，即人可以仅凭回忆度过一生。

门罗是一个非常注重情感表达的作家。在她笔下，“人的自我是在情感与物质或场景的交织中建立的，而记忆则使人们与这些情感保持紧密的联系，经历一种对过去时间的超越感，这种超越感不断地改变着人们的生活”(谭琼琳 等，2018)。一般来说，记忆是留存住美好的过去，而门罗的记忆书写是关注创伤痛苦对人长久持续的影响。门罗小说中人物的记忆往往充满缺失，或者说记忆是为了找回曾经失去的东西和遗憾，是一种弥补缺憾的方式。面对后现代文化带来的新的时间体验，石黑一雄《被埋葬的巨人》借助失忆表现出“从过去通向未来的连续性感觉的崩溃"(束少军,2015)。而在《留存的记忆》中,门罗则选择了通过对记忆和怀念的描写,成功地将记忆的后现代状态呈现出来。

第三节 "莫比乌斯环"上的"逃离"与"回归":《逃离》中的自我重构

"逃离"是第二次世界大战后许多作家探讨的文学母题。英国诺贝尔文学奖获得者多丽丝·莱辛的《野草在歌唱》(1950)、日本"先锋派"作家安部公房的《沙女》(1962),都是以不同形式的"逃离",探讨现代人的生存困境乃至现代社会的缩影。门罗短篇小说集中的杰作《逃离》(2004)以小镇上的两个普通家庭——卡拉夫妇和西米维亚夫妇——的婚姻生活及其家庭之间的复杂关系为题材,再度推出"逃离"这一社会问题,赢得学界的广泛关注和高度好评。这三部作品诞生的时代背景虽有不同,但其共同的问题指向无疑值得关注。梳理和分析不同时代、不同国度作家,对同一文学"母题"的不同认知,在世界文学史的意义上给予"逃离"问题准确定位,进而为门罗文学的价值做出判断,具有重要意义。

《逃离》的问世,给门罗增添了许多耀眼的光环。这部杰作首先获得当年加拿大吉勒文学奖,并入选《纽约时报》的年度图书。次年门罗被美国《时代》周刊评为"世界 100 名最有影响力的人物",可见其对文学界产生的巨大影响。这部短篇集中共收入八部作品:《逃离》《姻缘》《匆匆》《沉寂》《激情》《侵犯》《戏法》和《法力》。对此学界已有众多评述,可谓是各抒己见。但概括而言可归纳为以下几种见解:

首先是伦理学批评。比如,周庭华(2014)从《逃离》对家庭传统伦理的反思切入,经分析认为:"门罗通过作品人物对不同家庭形式的反思,表达了既肯定传统家庭价值又体现女性意愿和尊严的家庭伦理观"。由此可以看出,此见解是在同一层面认知小说中探讨的"逃离"与"回归"问题。小说中的人物卡拉,通过自我主体的"逃离"行为,用自己的体验"表达了既肯定传统家庭价值又体现女性意愿和尊严的家庭伦理观。”李钧(2015)着眼于作品中的“丧失主题”,探讨了文本中表现的“后主体的伦理学僵局”,其结论指出:“当卡拉逃离与他人的关系追求个人自由时,她是缺乏安全感的;当她回到与他人的关系中,变成不自由、去个体依附者时,她同样不快乐。……在展示了多重的伦理困境后,门罗并未给出如何解决方案,却让读者遭遇一地伦理理想的碎片”。

可见,两位伦理探讨者的结论殊途同归。一方是既肯定又否定的“家庭传统伦理”;另一方是通过“逃离”并未解决的“让读者遭遇一地伦理理想的碎片。”真的如此吗?

其次是存在主义批评。张虎(2015)率先以“未来如肮脏的树叶”为比喻,探讨了《逃离》中的“一瞬间”与存在主义。论者指出:“存在先于本质,他人即地狱,这些存在主义哲学思想在《逃离》中俯拾皆是。不过,在对过去‘一瞬间’的重新认知与反思中,她重点表现的是萨特之‘自由选择’的不自由。在门罗看来,意识形态、非理性、偶然性才是生命的岔路口的真正主宰。”

从此结论不难看出,卡拉通过自我主体的“逃离”,在“对过去‘一瞬间’的重新认知与反思中,她突显的是萨特之‘自由选择’的不自由”,并未走出生活中的困境。对此,杜慧敏(2018)虽同样从存在主义的视角对《逃离》展开探讨,其结论却有所不同。她认为:“门罗小说的‘逃离’主题不是概念性的,有和我们自身相通的深奥。它与加缪的‘荒谬’有交集,但主要来自门罗自己的生活而非哲思;这一主题所凝聚的现代人的痛苦具有古希腊文学的深刻背景,且唯能从后者中获得慰藉;对‘逃离’的高度关注是作家对‘逃离’人施以悲悯的方式。”

此见解虽与前者同样是从存在主义的视角出发,分别借用萨特和加缪的存在主义理念探讨作品主题——卡拉“逃离”的现实意义,但其结论基本上是异曲同工。前者“重点凸显的是萨特之‘自由选择’的不自由”,后者是“作家对‘逃离’人施以悲悯的方式”,即无论是哪种结论都未能使卡拉逃出人生“苦海”。在此,我们不禁要问:难道门罗书写的“逃离”主体真的是一个平面上的“逃离”与“回归”的重复,而非“莫比乌斯环式”的、不同次元的“回归”吗?

第三,其他批评。比如,李国华(2013)从“非理性的激情”聚焦门罗小说中的“逃离”主题出发,指出:“艾丽丝·门罗要说明什么?难道是要召唤非理性的亡灵吗?或者说,她试图曲曲折折地回答小说文本中叙及的科学和文学的问题?我们要逃离的也许是科学驱动的理性怪兽,而文字是我们得以逃生的诺亚方舟。是这样的吗?面对艾丽丝·门罗制造的不可靠叙事者,我们依然什么都无法坐实。”这一疑问的症结到底出在哪里还有待进一步探讨。从以上文献梳理不难看出,目前已有的研究成果对门罗《逃离》所要表述的思想精髓的认知,仍存在一定局限或分歧。为此,本文将用日本学者田中实的“第三项论”,顺着文本的脉络——“逃离”前的期待与困惑,绝望与“逃离”,“逃离”中的记忆与反思和不同次元的“回归”与自我“重构”——展开,探讨叙事主体卡拉如何通过“莫比乌斯环”上的“逃离”,实现自我的解体与重构。

一、“逃离”的期待与困惑

卡拉站在马厩房门后,对贾米森太太的归来充满期待,文本中写道:“在汽车还没有翻过小山——附近的人都把这稍稍隆起的土堆称为小山——的顶部时,卡拉就已经听到声音了。那是她呀,她想。是贾米森太太——西米维亚——从希腊归来了。”

这一幕的叙事时间是“七月”的夏天,叙事空间是卡拉站在自家的“马厩房门后”,向贾米森太太驾车回家时的“必经之路”眺望,因为她就住在离卡拉家“近半英里的地方”。在此,从叙事时间看,叙事者对“夏季”一词赋予了多重的文化寓意。它前接“春天”,象征着喜剧——与卡拉的过去命运遥相呼应;后续“秋天”,暗示着“悲剧”——与卡拉的婚姻相连。同时就其“夏季”本身而言,则意味着接下来必将发生一段“浪漫”史,而且是一段“同性恋”的浪漫史:“卡拉瞥见了一只裸到肩膀的晒成棕褐色的胳膊……在她扭过头来的时候脸上似乎有一瞬间闪了一下亮——是在询问,也是在希望——这使卡拉的身子不禁往后缩了缩。”向井雅明(2017)认为:“换喻通过描写身体的一部分唤起身体的全部,由此激发性欲。就像脱去身上的一件件衣服，最终变成裸体一样。”再从叙事空间来看，卡拉为了不易被“他者”发现，躲在“马厩门后”向马路眺望，其中不仅透露其内心在无意识中已将“希望”寄托在“外空间”的西米维亚身上，而且预示其接下来发生的将是一个羞于启齿的，不想让其丈夫克拉克看见的行为。可见，小说开头，在叙事艺术上起着承上启下的叙事效果。

这是一个多雨的“夏季”。早上一醒来就能听见很响的“雨滴”打在“活动房子屋顶上”，因此道路泥泞，很少有客人来“练习骑马”。通常，阵雨不会下得太大，也不会带来什么风，可是上星期突然出现异象。文中写道：

> 树顶上刮过一阵大风，接着一阵让人睁不开眼睛的大雨几乎从横斜里扫过来。一刻钟以内，暴风雨就过去了。可是路上满满的树枝，高压电线断了，环形跑道顶上有一大片塑料屋顶给扯松脱落了。跑道的一头积起了一大片像湖那么大的水潭，克拉克只得天黑之后加班干活，以便挖出一头沟来，把水排走。

对此，Barber(2016)指出：“作为一种象征和氛围，雨中弥漫着对由于缺少顾客而难以为继的马术训练场的忧心和夫妇二者在勒索邻居西米维亚之事上的意见不合。”此见解将夏天连绵不断的“雨季”作为小说中旨在营造的“一种象征和氛围”，进而直指卡拉和克拉克“夫妇二人”之间的“不合”，无疑很有见地。也许是受此见解的启发，赵军涛(2016)在此延长线上进一步推进，认为：“在整篇小说中，作者曾数次描写这些阴雨连绵的天气及雨后的状况……正是因为这种天气在小说中具有重要的象征意义。”也就是说，“这些阴雨天实际上是卡拉自身情感和生活的真实写照和象征。”具体地说：“卡拉的生活犹如这些烦人的阴雨天气一样，无聊、压抑甚至一片混乱，预示着终将无法逃脱的命运。”这一理解，将重点放在卡拉个人的情绪——像“阴雨天气一样，无聊、压抑甚至一片混乱，预示着终将无法逃脱的命运。"这一见解虽有一定道理，但忽略了人物与人物之间的复杂关系，以及突然出现的"大风"，不断飘散的"乌云"，都从不同层面孕育着人物之间的感情纠葛。比如卡拉夫妇与贾米森夫妇之间的复杂关系。文本中"阴雨连绵的天气"不仅隐喻着卡拉的生活境遇，而且与克拉克、贾米森太太的生活状况也密切相关，由此进一步暗示现代人的生活状况。否则门罗何以堪称"我们时代的契科夫"呢？

卡拉内心情感的丧失首先由"小山羊弗洛拉"的走失初露端倪。两天前，弗洛克突然消失"踪影"，卡拉担心它也许"会被野狗、土狼叼走，或者撞上熊"。于是，她在睡梦中梦见了"小山羊"：

> 在第一个梦里，弗洛拉径直走到床前，嘴里叼着一颗红苹果，而在第二个梦里——也就是在昨天晚上——它看到卡拉过来，它就跑开了。它一条腿似乎受了伤，但它还是跑开去了。它引导卡拉来到一道铁丝网栅栏的跟前，就是战场用的那种，接下去它——也就是弗洛拉——从那底下钻过去了，受伤的腿以及整个身子，就像一条鳗鱼似的扭着身子钻了过去，然后就看不见了。

弗洛拉的突然失踪显然是一个不祥之兆，同时腿部受伤的"小山羊"无疑暗示着卡拉那颗"心灵"的受伤。在此，"梦"作为卡拉在现实中无法满足的欲望得以充实的心理机制登场，具有非常重要的意义。内田树(2005)指出："人在睡眠时，因为一种与醒着时不同的自律神经发挥作用，在呼吸、体温调整和肌肉反射等方面都会发生变化。即人在睡着时，人已经成为一种非人的生物。梦中的我们，是在一种完全不同于醒着时的伦理、因果关系和时间意识的领域内看待事物。也就是说在梦中，人在一个特定的时间内，是以非人的形式经验看世界。……即梦中叙述的世界，是人类在那个特定场所进行的、自我再生的假说。所谓人性就是在那个特定的场所，将自己作为一个人进行重新构筑的能力。"

如果我们借用内田树的“梦”之心理机制，来分析卡拉做的两次梦，则可做出如下解释：首先，在第一个梦里，弗洛拉将其嘴里叼的“红苹果”，径直送到卡拉的床前意味着什么呢？如果从希腊神话中“苹果”的出典，这里的“红苹果”无疑象征着智慧。即弗洛拉深知卡拉的困境，它希望卡拉通过自己的智慧逃出“苦海”。其次，第二个梦的寓意。在梦中，弗洛拉将卡拉引到“一道铁丝网栅栏的跟前”，视觉像一面镜子一样照出了卡拉眼下直面的生活困境——她想逃而无法逃离的，像一道铁丝网构筑的“栅栏”。同时，卡拉还通过自己的行为暗示卡拉，要想越过这一“栅栏”——获得新的人生，唯一的出路就是从“铁丝网”的底部钻出去。

再次，是夫妇之间的情感纠葛。一是“暴躁”的脾气。克拉克不仅在外面经常与别人打架——上一分钟还显得挺友好，下一分钟就会说翻脸就翻脸，而且回到家里对卡拉的态度也极不耐烦。文中写道：

> “你脾气也太暴了。”卡拉说。
>
> “脾气不暴还算得上是男子汉吗？”

这一夫妇之间的对话看似简短，但足以说明他们之间的关系。即克拉克不仅“脾气火暴”，而且动不动搬出“男子汉”的气概，让卡拉无法忍受。比如，克拉克为了逼迫卡拉快点给西尔维亚回电话，不管卡拉如何引开话题，他竟然说出：“话没说清楚我是不会轻易让你脱身的，卡拉。”对此，卡拉换好衣服打算和他一起出去喝杯咖啡，调节一下气氛，可是他已经去“弄电脑了”。见此情状，卡拉完全失控：

> 她快步走进起居室，用胳膊从后面把他抱住，可是她刚这样做心里就涌起了一股忧伤的情绪——必定是刚冲澡的水太热，才使得她眼泪汪汪的——她伏在他的背上，垮了似的尽情哭了起来。
>
> 他双手离开了键盘，但是仍然坐着没动。

文本中用“忧伤、眼泪汪汪”和“垮了似的”刻画卡拉的悲伤情绪，与克拉克“仍然坐着没动”形成鲜明对比，暗示夫妇之间在心灵上无法沟通的情状已达极限。

二是由“性生活”引出的人品之间的隔阂。卡拉本来是为了协调夫妇之间的“性激情”，捏造了一些她与贾米森丈夫之间的“暧昧”行为，可是，没想到克拉克却企图以此为由“敲诈勒索”丈夫已死的贾米森太太，而且是费尽心机地策划，让卡拉无法收场，又难以启齿说出真实情况。夫妇之间的这场误会，看似平淡，实则暴露了夫妇之间不和的致命点。从卡拉的主动行为可以推出，克拉克对她的身体表现冷淡。这是其一；其二，夫妇之间在感情上不信赖。她说贾米森丈夫对自己有非分之想，他就信以为真。这就意味着他并不信赖卡拉对自己的真诚。第三，他还教唆卡拉：“你受到了伤害。你受到骚扰和侮辱，也就是我受到了伤害和侮辱，因为你是我老婆。这是个尊严的问题。”并企图以此为由诈骗贾米森太太。可见其人品的低下。

正是基于以上情状，叙述者借用卡拉失去“小山羊弗洛拉”的痛苦，突出她与克拉克之间不断发生龃龉的事实。文本中写道：

> 她抬起头，使劲地吹了一个拖长的口哨，那是她，还有克拉克，召唤弗洛拉的标志。他等了几分钟，接着叫唤弗洛拉的名字。一遍又一遍，吹口哨、喊名字、吹口哨、喊名字。
>
> 没有弗洛拉的回应。
>
> 相比起来，如果与贾米森太太的烦心事相比，以及跟克拉克之间时断时续的龃龉相比，弗洛拉丢失的痛苦还算是比较轻松的呢。即使永远都找不回来了。至少，弗洛拉的离去并不是她做错了什么事情。

从中不难看出，叙述者首先刻画卡拉失去弗洛拉的痛苦，以及她期待找回弗洛拉的迫切心情。但是，这些“痛苦”与“贾米森太太的烦心事”，以及克拉克之间的不和谐相比，已算不上什么，可见其悲观和失望的程度。而且,叙述者把她和"贾米森太太的烦心事",与她和克拉克之间的不和并列提出,无疑为卡拉的"逃离"做好了铺垫。

二、绝望与"逃离"

卡拉究竟为何因"贾米森太太的事"心烦?她与贾米森太太之间到底发生过什么?或者说自从贾米森太太去希腊度假走后,卡拉遭遇了怎样的生活变故?为了真实地刻画这一切,叙述者特意从贾米森太太的视点展开叙事,并用对比手法构筑了卡拉的绝望和最终"逃离"的决定。在此,为了体现卡拉"逃离"事件的必然性,我们有必要从贾米森太太切入进行分析。门罗文学重点关注的是一个小镇上的、普通女性的家庭和婚姻生活中的情感与生存状态,用她自己的话说就是"生活中的双重选择是……婚姻及母亲的责任"(McCaig,2002)。也就是说,无论是作为空间的"小镇"还是"普通家庭"为单位的婚姻状态,都是门罗作品从现实社会中有意抓取的且极具代表性的"社会缩影",所以,《逃离》中所表现的不仅是普通女性卡拉的家庭,同时还包括贾米森太太的家庭及其个人的生存困境。正如撒克指出的:"门罗在故事中探求的是存在的方式……仅仅是作为一个人存在的方式"(Thacker,2015)。这就意味着,在门罗文学的世界中,一个家庭与另一个家庭之间的相互关系,组成了一个复杂的社会关系,一个家庭内部的夫妇关系,又体现出作为个人的生存状态。这就是门罗文学的题材特质——个人的存在方式决定了家庭的婚姻情感,家庭之间的关系构建了一个社会的"缩影"。可见,《逃离》所要表现是一个时代、不同阶层的人们的生存困境。如果以"家庭"为单位,那就要考虑卡拉夫妇和西米维亚夫妇之间的婚姻生活,其中既有普通女性的存在样式,也包括普通男性的生存状态,进而由这两个家庭组成的小镇社会,乃至现代社会中的现代人的生存状态。遗憾的是许多学者将探讨的焦点聚焦于卡拉身上,忽略了西米维亚、克拉克和利昂·贾米森的生存方式。

西米维亚具有双重身份,一是作为贾米森太太的身份;二是作为其独立人格的西米维亚本人的身份。文本中的叙述者,特意将她在别人眼中的身份称为贾米森太太，而在其丈夫利昂·贾米森死后冠名为西米维亚，其叙事动机显而易见。比如，从希腊度假回来后，叙述者特意写道：

西米维亚除了打开窗户通风，也没有别的事可做。还有，就是想想还有多少时候自己没有见到卡拉，她沮丧地——而不是异常惊讶地——发现，她急煎煎地想见到她。

叙述者在前面已提到卡拉为贾米森太太的事“心烦”，这里又特意刻画西米维亚因为想见到卡拉而备受“煎熬”，那么，她俩之间究竟有何关系？这种关系又是从何时开始？文本中从西米维亚的视点展开回忆，揭开了小说主题的另一个方面。

到此，我们只看到卡拉夫妇之间的感情危机，而未洞见西米维亚为何具有双重身份？其实，贾米森太太与卡拉在婚姻上处于同病相怜的困境，只是其感情危机的维度不同而已。西米维亚的丈夫利昂·贾米森是一位是诗人，而她是一位教植物学的老师，文本中虽未直接刻画夫妇之间的感情问题，但仅从其丈夫死后她的一系列行为足以表明，她对丈夫的死亡不仅毫不悲伤，反而有点幸灾乐祸。文本中写道：西米维亚首先将丈夫卧室的所有东西进行了“扫除和清理”，其中包括利昂的衣服、未开封过的礼物和病床上的“羊皮褥子”，所有这一切都堆在汽车上，或拉到廉价的二手货铺卖掉，或扔到垃圾站上处理。就连他人吊唁诗人的信件及其生前的文稿和笔记都一并烧掉，“仿佛什么事都未曾发生过似的”。可见，西米维亚与其丈夫在感情上有隔阂。或者说，正因为西米维亚在夫妇感情上“缺失”，才会对年轻而充满活力的卡拉产生“情感”。在卡拉帮助西米维亚清理“遗物”时，她从一个女性的视点对卡拉描写道：

她惊讶于看到的卡拉的身影，光着腿，光着胳膊，站在梯子的顶端，坚毅的面容被一圈蒲公英般的短发围着（因头发太短而扎不成辫子）。卡拉正精力充沛地喷着水擦着玻璃，当她看到西米维亚在看她时，便停下活儿，将手臂大大地张开，就像贴在那儿的一个十字架，并且做出一个滴水檐怪石兽般的怪脸。两人都笑了起来。西米维亚只觉得这股这阵笑声像股嬉闹的溪流，贯彻了她的全身。……她突然感到害羞起来……卡拉干活几乎从不休息，动作迅速得像只鸟雀似的，可是她倒还来得及弯腰在西米维亚的头顶吻了一下，然后又接着自顾自吹她的口哨去了。

对此，有以下几点值得关注：首先是卡拉漂亮、能干、活泼的形象。这与我们接下来将要看到的卡拉的另一形象形成鲜明对比。其二，卡拉在无意识中对西米维亚的身体上的接受。这点从她张开“手臂”，就“像贴在那儿的一个十字架，并且做出一个滴水檐怪石兽般的怪脸”，使两人都笑了起来，已足以表明其内心的无意识动向。当然，这是从西米维亚的视点看卡拉，其身体像“十字架”一样又与“罪”和“性”有关。第三，西米维亚对卡拉的“性”意识透露。诸如，“光着腿，光着胳膊”的视角化的肉体表现，以及卡拉的“笑声”让西米维亚觉得它“像股嬉闹的溪流，贯彻了她的全身”。第四，对卡拉对西米维亚额头上的那一吻，叙述者追叙道：

自此以后，这一吻就留在西米维亚的心里了。其实它也没有什么特别的意思。它表示的是快活起来吧，或者是活儿快干完了。这表示她们是好朋友，一起经历过许多苦难。或者仅仅表示太阳出来了。或是卡拉在想，自己快要回家，回到她的马儿中间去了。不过，在西米维亚眼里，这就是一朵艳丽的花朵，它的花瓣在她的内心乱哄哄热辣辣地张开着，就像是更年期的一次重新来潮。

这段追叙中，如果说那一系列的“或者是……”表现了卡拉的“无意识”行为的多重性，这一连串的“可能性”在西米维亚的内心却从不同方位汇集成“一朵艳丽的花朵”，而且那些“花瓣在她的内心乱哄哄热辣辣地张开着，就像是更年期的一次重新来潮”。可见，她对卡拉的“爱”明显表现在“性”方面。对此，我们不禁会产生疑问，西米维亚为何会对卡拉萌发“性”方面的欲望呢？也许，这是门罗作品从女性视角，对女性感情“缺失”的典型表现。比如，卡拉为了激发克拉克的“欲望”，她设法捏造了许多利昂·贾米森的不轨行为，直至引起克拉克想借此敲诈勒索贾米森太太的“歪心”，即两位女性内心“缺失”的表现形式虽然不同，但其实质并无二异。西米维亚式的女性，她们在经济上完全不同于卡拉，所“缺失”的是对方在身体上对自己的“爱”。可是，她们在现实中得不到满足。因此，文本中刻画的西米维亚形象，是从不同层面对现代人生存困境的又一揭示。

西米维亚不是在丈夫利昂·贾米森死后才对其他“女性”萌生“爱”的欲望，很早以前她就对自己教的植物学班上的“女生”有所爱慕。而且，这些“女孩子会很崇拜地簇拥在她的周围”，只是“她们很快就会使她心烦意乱”。但是，自从“今年春天”，也就是丈夫死后卡拉来帮她打扫屋子时起，卡拉就在她心中占据了重要位置。她对自己最好的两个女友梅姬和索洛雅说：

> 这个姑娘的存在对于自己来说越来越重要了，我们之间似乎已经出现了一种难以说清的联系，在春天那段可怕的日子里她对自己起了那么大的抚慰作用。就单单是能见到家中还有另一个人——如此健康、充满青春活力的一个人，这就很不一样了。

这就是西米维亚眼中的卡拉。其中又有两点值得关注：一是卡拉对她的“抚慰作用”；二是卡拉所拥有的“健康、青春活力”。那么，她为何能在卡拉身上找到这种感觉呢？对此，叙述者特意让西米维亚说出其中隐秘的深层理由：“也许是因为利昂和我没生过孩子吧。是挺傻的，那是一种移情的母爱。”由此不难看出，作为一个人的存在，他（她）

不仅需要别人的“爱”，同时也有“爱”他人的欲望。在我们人类的无意识世界甚至是集体无意识世界，“爱”与“被爱”往往交织在一起，以混沌的形式表现出来。文本中塑造的西米维亚形象，就发挥着这样的艺术效果，这又是门罗作品从女性视点对人性的又一揭示。

以上分析看似与卡拉的内心绝望无关，其实不然。门罗作品的最大特点也正在这里突显出来——通过对比，衬托她所要表现的问题。也就说，以上探讨的是西米维亚去希腊度假前，她心目中的卡拉的形象——“健康而充满青春活力”。然而，时隔不久后出现在她面前的卡拉完全变成了另一个形象。文本中写道：

> 可是今天，这个姑娘却与西米维亚记忆中的卡拉完全不一样了，根本不是在她游历希腊时一直伴随着她的那个安详、聪慧的精灵，那个无忧无虑、慷慨大度的年轻人了。

她对西米维亚所送的礼物几乎一点都不感兴趣。在伸手去取她的那杯咖啡时也是板着一副阴沉的脸。

这就是西米维亚从希腊游历回来后第一次看到的卡拉形象。为了安慰卡拉和打破僵局，西米维亚问卡拉喜爱的“弗洛拉”情况如何？卡拉回答说：“它不在了。”她接着问：“还有无再回来的可能？”卡拉没有回答。当西米维亚正面去看卡拉的脸时：

> 只见她的眼睛里满含着泪水，那张脸上污迹斑斑——显得脏兮兮的——看来她很痛苦，连脸都有点肿了。
>
> 她对西米维亚的凝视丝毫没有躲闪。她抿紧嘴唇，闭住眼睛，前后晃动着身子，似乎是在无声地呜咽，接着，让人吃惊的是，她竟放声大哭起来了。她一会儿哭，一会儿饮泣，大口大口地吸气，眼泪鼻涕都一起出来了，她开始慌慌张张地四下里寻找可以用来擦拭的东西，西米维亚赶紧递给她大把大把的餐巾纸。

这里叙述者通过两个对比表现了卡拉在生活中遭遇的巨大变故。首先是西米维亚出游希腊前卡拉在她心中刻下的“印象”:“安详、聪慧的精灵,那个无忧无虑、慷慨大度的年轻人”,而眼下的卡拉却变得:“只见她的眼睛里满含着泪水,那张脸上污迹斑斑——显得脏兮兮的——看来她很痛苦,连脸都有点肿了。”这就是卡拉在同一空间、不同时间中的主体表现。拉康认为:“在精神分析中,时间不是线性的流动存在。我们可以通过过去,预知性地把握未来;也可以通过未来溯及决定过去的要素”(向井雅明,2017)[37]。也就是说,让卡拉有如此巨大变化的原因,不是别的,而是在西米维亚出游希腊的“过去”的这段时间里,她与克拉克之间发生的感情纠葛。或者说,“现在时”下的卡拉在感情上的失控,完全源于在“过去”一段时间里,她那不幸的婚姻生活。

其次,直面卡拉的表现,西米维亚对其人生经历中的回忆又从不同层面揭示了年轻一代的感情困境:

> 随着这个姑娘显示出自己的苦恼的每一时刻的过去,西米维亚无法感觉到她的普通,就跟出现在西米维亚办公室里的那些涕泪交加的女学生丝毫没有什么不同。有的女生来,是为了自己分数不够,不过那往往是策略性的,潦潦草草地抽咽两下就算了事。真正涕泪交加的并不多见,那应该是为了恋爱失败、父母吵翻甚至因不慎怀孕的烦心事。

这又是叙述者通过女性视点,对现代年轻一代人的感情困惑的洞察。这段看似叙事技法平平的插叙,却从一个长者的、老师的视角,披露另一个阶层人们的生存状态,可见门罗作品的多重意义。

第三,我们再回到卡拉身上重新审视其如此绝望的根本原因。西米维亚问:“不是因为你的那只山羊吧,是吗?”卡拉回答:“不是的,不是的。”“那又是为了什么呢?”卡拉终于脱口而出:“我再也受不了了!”这下西米维亚才明白:“原来是指她的丈夫。”

“他什么时候都冲着她发火,就好像是心里有多恨她似的。她不管做什么都是做得不对的，不管说什么都是说错的。跟他一起过真要把她逼疯了。有时候她觉得自己已经疯了，有时候又觉得是他疯了。”

在此，叙述者又站在高处审视一个家庭发生感情纠葛的普遍性——互不理解，互相指责，直至把对方逼上“发疯”的绝境。因此，当西米维亚提出：“也许你该考虑下来该怎么办？”卡拉径直回答：“出走吗？如果能办得到的话我早就这样做了！只要可能，我会付出一切代价这么做的。可是不行啊！我没有钱，在这个世界上也没有任何地方可以投奔。”之后，很自然，在西米维亚的帮助下，卡拉毅然做出了“逃离”的选择。

三、“逃离”中的记忆与反思

卡拉在西米维亚的引导和帮助下，从决定“逃离”，到下车给克拉克打电话让他来接她，出来坐上大巴车前的内心活动，整个过程中作者几乎都在书写“记忆”。其中当然主要是书写卡拉的“记忆”，但也不能忽视西米维亚的“记忆”，因为西米维亚的内心也在“逃离”过去的自己，只是与卡拉处于不同层面。那么，叙述者为何要通过“记忆”，唤起卡拉和西米维亚在不同时间、不同场所的“记忆”呢？日本哲学家中村雄二郎指出：“当记忆旨在唤起现在的聪明行为和未来的贤明期待时，它必将成为一种道德习惯。即为了引发主体的回忆，从过去的记忆中吸取有益的教训活用记忆时，它就是聪明才智的一部分”（中村雄二郎，2007）[226]。下面我们就顺着卡拉从“逃离”到回归的心路历程展开分析。

“逃离”过去，开辟一种新的生活，对每个人而言其内心都是充满矛盾和不安的。卡拉也不例外，她在搭乘大巴前，这种复杂心情首先体现在她给卡拉克留下的告别“纸条”上。文中写道：

> 她取来了笔和纸，又添了点酒。卡拉坐着想了想，接着便写下了几个字。
>
> 我已经走了。我不会有是的。

在此，卡拉明显是把“All right”(不会有事)错误写为“all write”(不会有是)。看似笔误，但其中潜在鲜明的叙述动机。因为英文“All right”与“all write”虽然意思有别，但发音相同。正是这一“笔误”暴露了卡拉潜意识中的内心活动。即如果卡拉不发生“笔误”，写成“我不会有事的”，那就无疑成为“告白”的留言；相反，她发生“笔误”，将其写为“我不会有是的”，这就表现了“言语诞生”之前的，人类的无意识活动。日本哲学家大森荘藏指出：“人的真实并未隐藏在某个未知的深处，你想隐藏也没地方隐藏。那些真实的只言片语或细枝末节不知不觉就会暴露于表面。只要你能把它们汇集在一起，并加以思考，就会发现真实具有‘百面相’。其实，人的真实都存在于零米的水深处”(大森荘藏，1999)[28]。

卡拉的留言“笔误”，既暴露了她在现实世界中的真实“面相”——“我不会有事的”，又暗示她在无意识世界中的真实“面相”——现在的“逃离”不会“是”真的。这就为卡拉的回归埋下了伏笔。可见，门罗作品探讨的是现代人在多个世界的存在状态：理性与非理性，现实与非现实，意识与无意识等。

踏上“逃离”征程前，卡拉的“记忆”都是“悲剧性”的回忆。她想起第一次“离家出走”——离开“父母”，与克拉克“私奔”——的情节。在秋天来临之际，她没有遵循父母的意愿去上大学，而是选择了与“吉卜赛流浪汉”，也就是其丈夫克拉克，开辟自己想要的真实生活。文中写道：

> 他给她起了个绰号，叫“吉卜赛流浪汉”，典出于一首歌，一首她母亲老在家里哼唱的歌。如今她在家里出出进进时也总在唱这首歌，于是她母亲便知道准是有什么事了。
>
> 昨晚她睡的是一张羽绒床
> 丝绸被盖在身上
> 今夜她躺的冻地板硬邦邦——
> 依偎着她那位吉卜赛情——郎
> 她妈妈说：“他会伤了你的心的，这还不是板上钉钉子的事儿。”

这是“秋天”的“记忆”，叙述者旨在通过卡拉的“记忆”，突显两代人直面的相同境遇。在此，叙述者特意设定母女两代人“哼唱”同一首“歌”，其寓意可谓耐人寻味。首先，从她妈妈的忠告发现：她妈妈有过同样的经历，而且为心爱的人“伤心”过。因此，她担心自己的女儿重蹈覆辙。其次，当下卡拉的婚姻真的如其母亲担心的那样——遇到挫折，两代人的“悲剧”在此重叠。但是，卡拉未来的命运究竟如何呢？

卡拉踏上“逃离”征程后，西米维亚也陷入“遗憾又烦恼的复杂感情”漩涡。她首先对卡拉“离”她而去，感到很“烦恼”。因为“方才她新拆开一块苹果香味浴皂”给卡拉冲澡用，现在满屋子洋溢着这种味，与她车上的味道一样，可是，如今卡拉却已坐上大巴远走高飞。从西米维亚的这一“烦恼”不难看出，她已完全陷入“迷恋”卡拉的感情漩涡中。在无比“烦恼”的驱使下，西米维亚便想起她与丈夫利昂度过的日子。

> 以前他们每年春天都来这里散步，采摘野兰花。她教他认各种野花的名字——只有一种，也就是延铃草，他记住了，别的所有名字他全记不住。他总是称呼她为多萝西·华兹华斯。
>
> 春天那会，她还上这儿来过一次，为他采摘了一束犬齿紫罗兰，可是他看它们的时候显出一副无精打采，不以为然的样子——就跟有时候看她的神情一样。

这段“记忆”显然蕴含着两层寓意：一是夫妇之间曾经度过的美好“春天”。她给他教许多花儿的名字，可他只能记住“延铃草”。他总是称呼她多萝西·华兹华斯。特别是他对她的称呼，显然很有寓意。因为多萝西·华兹华斯是英国浪漫主义诗人威廉·华兹华斯的妹妹，曾写过多种对后人了解“湖畔派诗人”有价值的日记。在此，诗人利昂借此称呼，不仅表明对她的“爱”——像妹妹一样恩爱，而且褒奖她的聪明能干。对此称呼，西米维亚当然喜在心里。可是，在今年的这个春天，诗人利昂的表现大不相同：对“花”和西米维亚都表现出“一副无精打采”的神情。其中既透露了他精神状态不佳，也暴露了他对昔日的西米维亚的不满，可见，夫妇之间在感情上出现裂痕。这就是西米维亚感到的“遗憾”。在“烦恼”与“遗憾”的双重不快下，西米维亚躺在丈夫利昂“最后三个月”里躺过的沙发上，辗转反侧，无法入睡。她虽然看不到月亮，但通过天色她能判断月亮已经升起。可见其内心孤独与对丈夫的怀念。可是，就在此时，文本中写道：

> 再往下去她能感觉到的一件事是，她坐在什么地方的一辆大巴上，是在希腊吗？和许多不认识的人在一起，大巴的引擎发出了惊人的敲击声。她醒过来了，发现敲击声就是从前门那儿发出来的。

从西米维亚“醒过来”后，发现其“敲击声”是从前门那里发出来的，即可断定：刚才她是在梦中感觉到“一件事”即将发生。在此，叙述者显然在探讨西米维亚的无意识世界。但这件事究竟是什么呢？

卡拉乘上“逃离”的大巴后，叙述者首先通过路边的一段景色描写，隐喻卡拉的内心转变。

> 阳光灿烂，已有很长时间没有如此好的天气了。她们在吃午饭的时候阳光就曾使酒杯反射出光来。从清晨起就再也没有下过雨。风足够大，足以把路边的草吹干伸直，足以把成熟的种子从湿漉漉的枝梗上吹撒一地。夏天的云——并非雨云，在天上飞掠而过。整片乡野都在改变面貌，在抖松自己，使自己成为一个七月里真正晴朗的日子。大巴疾驰而过，她几乎看不出近日的任何迹象——没有田地里一汪一汪的水坑，显示出种子都被冲掉了，也没有可怜巴巴的玉米光杆或是堆放在一起的谷物。

对这段景色描写，可展开如下分析：首先，从卡拉和西米维亚坐在一起吃午饭时，天气就已放晴，并且“阳光就曾使酒杯反射出光来”。其中就蕴含着意味深长的隐喻。因为，在此之前，天气一直是阴雨连绵，而且曾经刮过一次大风，把卡拉家活动房子的屋顶都刮坏了。然而，就在两人秘密“逃离”，并为此干杯时，天气开始转晴，可见叙述者的叙事动机显然旨在暗示：卡拉的“逃离”必将走向新的“希望”。特别是酒杯里反射出的“光”，无疑蕴含着双重寓意：既反讽这次的“逃离”计划，又在预示着新的希望。其次，这次的“风”与上一次的“风”有相辉映的态势。这次的“风”不仅使天上的“云”随风散去，而且让成熟的“种子”撒落一地。既然种子落地，就会发芽、开花和结果，可见其积极意义。最后，“整片乡野都在改变面貌，在抖松自己，使自己成为一个七月里真正晴朗的日子。”这明显在暗示卡拉心境的戏剧性变化。她在“逃离”的大巴上，是在“抖松自己”，使“这天”成为“七月里真正晴朗的日子”。随着大巴疾驰而过，迄今为止的“七月”的“乡野”焕然一新，没有留下近日的“任何痕迹——没有田地里一汪一汪的水坑”。这就是卡拉此刻坐在大巴上的心情，由此与近日“几乎一直在下雨”，骑马的“跑道上水潭像湖那么大”，以及突然刮来的“大风”隐喻的心境形成鲜明对比。

可是，此时的卡拉突然想到的是什么呢？“她忽然想到必须把这种想法告诉克拉克——也许他们当初选择的练马场特别潮湿，特别没有生气”，如果选择别的地方没准早就发达起来了。于是自问：“还会有成功的机会吗？”可见，卡拉行为上“逃离”，而其潜意识的内心还在想着与克拉克的未来。于是，她想起了第一次“离家出走”的情景。

卡拉第一次离家出走，是为了和她现在的丈夫克拉克约会，并从此将自己的未来人生依托给他，勇敢地告别自己的原生家庭。她在离家前给其父母留下的纸条中写道：“我一直感到需要一种更为真实的生活。我知道在这一点上我是永远也无法得到你们理解的。”在此，叙述者通过卡拉与父亲告别时留下的纸条，不仅透露了她的过去——因为“继父”，她讨厌“家里”的一切：“她看不起自己的父母，烦透了他们的房子、他们的后院、他们的相册、他们度假的方式、他们的烹饪路子、他们的‘洗手间’、他们的‘大得都能走进去人’的壁柜，还有他们为草坪所安装的地下喷水设备。”

而且,她表明了自己真正想要的未来生活——“一种更为真实的生活”。如果说过去的命运对这个憧憬美好生活的女孩不公平,当下她终于如愿以偿。坐在“嘎吱乱响的老车”上的克拉克的一切,都让她心醉神迷。

同样吸引她的还有他过去那种不太正规的生活,他坦然承认的孤独寂寞,他对马匹有时会显露出的柔情,对她也是这样。她把他看作是二人未来的设计师,她自己则甘愿当俘虏,她的顺从既是理所当然的,也是心悦诚服的。

在此,一个热恋中的女孩的内心世界袒露无遗,连对方的缺点,她都觉得是吸引自己的优点:不太正规的生活,坦然承认的孤独寂寞,对马匹有时会露出的温柔,其言下之意无疑是有时也会露出粗暴行为,对她也会如此,这些都隐喻着她在未来生活中必将遭遇不幸。可是,当下的她却完全视而不见,这就为她婚后的未来生活埋下了伏笔。不仅如此,小说中更加戏剧化地写道:卡拉和其未来的“丈夫”就“像游客”那样,又像疯疯癫癫的“乡巴佬”,一边唱着歌一边驱车回家。卡拉满怀喜悦地成家了,但真正与克拉克生活后,却发生了一系列让她无法忍受的家庭矛盾。如今,她是坐在大巴上“逃离”曾经如此向往的那个“家”。

大巴经过第一个小镇,停靠在加油站。对这一场所的印象又唤起了卡拉的另一段“记忆”。文本中写道:

> 这儿就是她和克拉克创业初期常来买便宜汽油的地方。在那些日子里,他们的整个世界也就是附近农村里的几个小镇,他们有时会像游客那样,上一些脏兮兮的小旅店的酒吧去品尝几道特色菜。诸如猪蹄、德式泡菜、土豆煎饼和啤酒等。然后,他们会像疯疯癫癫的乡巴佬一样,一边唱歌一边驾车回家。

可是没过多久,所有这些浪漫的情调,都被看成既耗费时间又浪费金钱的事了。“那些只不过是不懂得人生艰辛的小青年才干的事。”

中村雄二郎(2007)指出:"当我们通过记忆唤起过去的事件时,会发现其自身是在离开现在,将自己置身于过去的某个时间点,经历着曾经发生过的经历。这一体验就像是手动照相机一样,通过调节焦距对准焦点。但此时,记忆尚处在潜在状态,是在探索中做好准备接受的阶段。不久,这种潜在的记忆就像逐渐汇集的乌云,由潜在状态转向现实状态。其轮廓渐趋清晰,并随着表明色彩的附着,记忆就像知觉一样。但是,因为记忆深深地植根于过去,它即使变为现在化的记忆,仍以与过去对照的形成存在。"借用中村的这一"记忆"理论来分析卡拉的这段"记忆",则会发现叙述者的叙事动机在于让卡拉以"逃离"的形式,亲自将现在的自己置于过去"记忆"的"场所",使其现在的"知觉"与过去的"记忆"以对照的形式,经历一种特殊的"体验"。而正是这种特殊"体验",才使主体自我真正区分开事物的本质。

另外,从上面的这段"记忆"不难发现,卡拉与克拉克所经历的过去,显然是幸福的回忆,并且是人生必经的历程——当初的浪漫情节会逐渐被家庭琐事所掩盖。可见,卡拉在婚后遭受的挫折具有一定的普遍性。第三,卡拉站在现时点上,将会设想其接下来的出路如何,并与其在"家"经历的"烦恼",以对比的形式呈现在自己眼前。

> 她现在逐渐看出,那个逐渐逼近的未来世界的奇特之处与可怕之处。关键在于,她无法融入其中。她只能围着当下的生活环境转圈圈,听从别人的召唤,干这、干那,却不能真正融入其中。奇怪是自己明知如此,现在的所为却径直向那个方向走去,希望乘着大巴能寻回自己。正如贾米森太太所说的那样,也如她自己满怀希望可能会说的那样——要把自己的命运掌握在自己手里。不再有人会恶狠狠地怒视着她,不再有人以自己的恶劣情绪影响她,使得她也一天天地愁眉不展。

这就是"记忆"书写的又一功能:让主体的"未来"与"现在"以对照的形式,产生一种渐进的体验。现在的卡拉虽遇"家庭生活"的挫折,但与其“未来”将要直面的生活相比，作为主体的存在却大相径庭，这一“未来”又回到了“过去”的自己。其命运不是“掌握在自己手里”，相反，她眼下的所为是把到手的“权力”自动放弃，拱手交给别人，进而重蹈覆辙：任凭别人“恶狠狠地怒视”自己，让他人的“恶劣情绪影响”自己，使得自己也一天天地愁眉不展。这才是真正“太可怕”的生活。

此外，卡拉想到一个更可怕的问题，那就是在未来谁能取代克拉克在她心中的“位置”呢？因为即使在她正在“逃离他的现在——也就是此时此刻——克拉克仍然在她的生活里占据一定位置”。文本中写道：

> 可是，等逃离一旦结束，她在独自向前走自己的路时，她又用什么来取代他的位置呢？又能有什么别的东西——别的人——能成为如此清晰鲜明的一个挑战呢？
>
> 她好容易止住了哭泣，可是又开始浑身颤抖起来了。她现在的状态特别糟糕，她得抑制住、控制自己。“得控制住自个儿嘛！”克拉克有时会这样说她。比如，他在经过房子，见到她卷曲着身躯，想不哭，却又怎么也抑制不住的时候。

对此，有两点值得关注。卡拉在大巴上体会到，在“家”时她那么讨厌克拉克，可是真正“逃离”了他时，却感到对方的存在那么重要。用她自己的话说，那就是还有谁能给她带来一个真正具有“挑战”的未来呢？这是其一。其二，这里叙述者又用了一个“现在”与“过去”的比较。卡拉“现在”尽力想控制自己停止“哭泣”，但她无法控制自己。此时，她突然想起在“家”时，克拉克对她说的一句话：“得控制住自个儿嘛！”同样是“哭泣”。同样是一句话，可是在“逃离”的大巴上，这句话的意义却完全不同。在“家”时，这句话显然是克拉克在设法“安慰”她。尽管当时的她并未感受到这点，但此时此刻她终于体会到了这句话的真正含义，即特殊时空下的体验，能让主体自我辨明是非。

大巴在另一个镇子上停下，这时卡拉才发现，经过第二个镇子时自己竟然毫无觉察。接下来，大巴很快就要拐上高速公路，直奔多伦多。

可是，这个城市的生活会让她不知所措：

> 搭出租，告诉司机一个自己都很陌生的地址。第二天早上起来，刷完牙，便往一个陌生的世界里闯？她究竟是为何要去找工作，把事物塞进嘴里，就搭上公交车把自己从一个地方带往另一个地方呢？
>
> 她双脚此时距离她的身体似乎很远。她的腿穿着不是自己的硬邦邦的料子的裤子，犹如灌了铅一样得沉重。她像匹被捶击过的马似的，怎么也站不起来。

此时，卡拉通过空间——即将到达的“多伦多”——触景生情引发的“记忆”，都是她曾经体验过的都市生活。中村雄二郎指出：“想起的记忆是典型的社会行为，它与言语具有密切的关系。因此，贾奈认为：应该把想起的记忆作为‘叙述’行为对待。即所谓想起的记忆，是与以前的行为完全不同的新行为。它是具有行动性的、言语叙述行为，与以前的行为本身没有任何直接关系。它是由过去的行动构成的新行为，就像一位友人的肖像，它所表现的是作为友人本身那样，叙述表现的是过去的行动。然而，由叙述所唤起的却不是过去的行为本身，而是由此行为诞生的新状况。因此，通过这种叙述，即使是与此行为没有直接关系的、并不在此场所的他人，也会有种身临其境的感觉。叙述所重视的并非行为本身，而是状况与行为结果的个别特征。准确地说，叙述针对的问题是，作为同一个事物，以不可能在记忆中再现的事物、状况和行为组成的事物为对象。即作为叙述的记忆，其真正要揭示的是事物的历史，或者是真正的历史”(大森莊藏，1999)。从中村的这一“叙述的记忆”理论不难看出，卡拉在大巴上想起的都市生活的“记忆”，它首先是一种具有普遍性的“社会行为”，其次才是由此“想起记忆”诞生的新状况——卡拉将要直面生活状况。也就是说，叙述者旨在通过叙述卡拉的“逃离”行为，让我们读者——直面类似困境的读者——产生一种身临其境的感觉。或是说，卡拉在“逃离”的路上，触景生情地叙述了各种

“记忆”，她所叙述的不是别的事物，而是“逃离”本身的“真实历史”。即文本中的卡拉，用自己“逃离”的经历表明：她的腿“犹如灌了铅一样的沉重。她像匹被捶击过的马似的，怎么也站不起来。”这就表明，她再也“逃”不动了。

就在此时，另一幕她将来可能会直面的生活远景映入其眼帘，并对她做出一个决定性的选择起到了催化剂作用：

> 大巴又上来几位在这一站等着的带着大包小包的乘客。一个妇女和一个坐着折叠式婴儿车里的娃娃在跟送行的什么人挥手告别。……在这生命中的紧要关头，卡拉挣扎着让她那巨大的身躯和灌了铅的腿脚站立起来，朝前踉跄走去，并且喊道：“让我下车！”

这声“让我下车！”的呼喊可谓一语双关，其字面意思当然是她要下车，但其本身的深层寓意，却是通过这场“逃离”，她终于解构了过去的自我，以新的自我喊出了主动走下“逃离”这辆车的意志，从此告别“过去”的自己。但是，这里有一个疑问就是，卡拉为何看到大巴上人们上车的这一幕时，将其视为“生命中的紧要关头”？对此，我们可做出如下两点分析：首先，在这站等着上车的“带着大包小包的乘客”，触动她内心潜在的，甚至有点惧怕的“游客”生活——到处漂泊，没有固定职业的游民。其次，妇女和婴儿的形象就像一面镜子，映出了她在未来可能面对生活——带着一个孩子，到处流浪。这是她最不想要的生活，在此人生的“紧要关头”，卡拉决然地做出了自己的选择“下车”。可见，叙述者在此叙述的虽然是卡拉个人的“逃离”史，但其叙事动机无疑是揭示在人类历史长河中，在每个人身上都可能发生的“逃离”史，进而赋予“逃离”积极的现实意义。

卡拉要下车的行为被大巴上的其他人认为：她一定是患有“幽闭恐惧症”。也就是说，此时此刻的她在普通人的眼里像“病人”一样异常。她下车后立即给克拉克打电话说：“来接我一下吧。求求你了。来接接我吧!”对方回答:“我这就来。”但正是其表现“异常”的行为,才表明决定下车时,卡拉的内心世界发生根本性的转变。更确切地说,此刻下车的卡拉是在不同次元上“回归”的另一个她。

对卡拉的“回归”学界论者从不同视点发出各种声音。但对卡拉“回归”的意义持否定见解者居多。托芬指出:“故事围绕着女性探求的主题构建了许多矛盾,每个矛盾都没有简单地解决或分析,最终追索一个复杂得多的过程:卡拉尝试着为自主的自我定位做一次自己的、男性的探求,但失败了;她可以选择女性相互支持的另一条道路,但她拒绝了;最终她期待着即将到来的兼含了男性和女性特质的探求”(Tolan,2010)。此见解显然表明,卡拉通过“逃离”本有两种选择,可是她“尝试着为自主的自我定位”探求“失败了”;她完全可以“选择女性相互支持的另一条道路,但她拒绝了。”可见,卡拉“逃离”的结果又回到了“原点”。问题是,所说的“传统家庭”究竟与“现代家庭”有何区别?或者说“现代家庭不能成为女性个性发展的情感支点和心灵归宿”吗?其实,问题的关键不在于“现代”与“传统”之分,因为“回归”后直面的还是丈夫克拉克的两人世界,与她“逃离”前没有两样。核心问题在于“逃离”事件发生后,卡拉和克拉克自身的世界观和价值观有无变化。

四、不同次元的“回归”与自我“重构”

卡拉回家后,只好由克拉克去送她“逃离”时穿的西米维亚的衣服。面对克拉克的到来,西米维亚先是感到诧异,然后是接受克拉克的警告。其实,克拉克只是“伸一下手”,却吓得她尖叫起来。就在此时,他们看到了意外的一幕:离屋子不远处的“浓雾”中出现了一个非人间般的动物,纯白色的,像只巨大的独角兽,就跟不要命似的,朝他们这边冲过来。对此,文本中写道:

> “耶稣基督呀。”克拉克轻轻地、真诚地喊了一声,并紧紧抓住西米维亚的肩膀。这个肢体接触倒一点也没有吓着她,她认为这一举动不是为了保护她就是为了让他自己镇静下来。

> 紧接着那形体就变得更清晰了。从雾中,从晃眼的亮光中——好像有一辆汽车正从后边路上开过,也许是在寻找泊车的位置——出现的,是一只白色的山羊。一只蹦跳着的小白羊,几乎比牧羊犬大不了多少。(中略)
>
> “简直就像个幽灵呀。从外空间来的山羊,这就是你!”他边说边拍着弗洛拉。可是,当西米维亚伸手要摸他时,弗洛拉立刻低头做出要顶她的样子。

对此场景,我们可做出如下分析:就在两人关系处于“白热化”的时刻——克拉克举手,吓得西米维亚“尖叫”——叙述者叙述道:离屋子不远处的“浓雾”中出现了一个非人间般的动物,纯白色的,像只巨大的独角兽,就跟不要命似的,朝他们这边冲过来。这是从“叙述者”的视角对弗洛拉的描写,说它像“独角兽”。对于“独角兽”,欧洲神话中的解释为:“独角兽象征爱情,忠贞不贰,勇气,美好,高贵等,在欧洲,特别是中世纪的欧洲,人们认为,只有品格高尚的处女才能靠近并骑着独角兽,反之会被独角兽的角所杀死。”可见它与主人之间关系非同一般——既象征着“爱情”,又属“品格高尚的处女”专用。为了理解这个问题,我们有必要对“弗洛拉”的来历加以考察:弗洛拉是克拉克从一家农场带回来的,因为农场主不想做“田舍翁”,名叫弗洛拉的“小山羊”已无去处。克拉听说养只小山羊可以起到“抚慰和安定马匹的作用”,便将其领回家。它起初是克拉克的小宠物,可是长大后更加依赖卡拉。文中写道:

> 这种依赖使得它突然间变得明智,也不那么轻佻了——相反,它似乎多了几分内在的蕴藉,有了能看透一切的智慧。卡拉对待马匹的态度是温和的,同时却也是很严格的,有点像母亲的态度,可她与弗洛拉的关系却不是同一回事,弗洛拉一点都不让她有任何优越感。

由弗洛拉的态度转变——先是克拉克的小宠物,后变得依赖卡拉——可见，它在两人之间无疑扮演着“象征爱情”的媒介，这是它早期的存在价值。不久，克拉克与卡拉之间的家庭矛盾加剧，弗洛拉也消失不见，并在卡拉最痛苦的时候，它在梦中与卡拉相见。这点已在前面分析。当下，在卡拉从“逃离”中归来，且在克拉克身处尴尬之际，弗洛拉突然出现，可见其在文本中扮演的重要角色。所以，叙述者在此把它描写为“独角兽”，显然暗示着夫妇之间的“和解”。这是其一；其二，从克拉克的视角，面对突然降临的“非人间般的动物”，他却喊出：“基督耶稣呀”，且将手“紧紧抓住西米维亚的肩膀”。更加不可思议是，他的“这个肢体接触倒一点也没有吓着她——她认为这一举动不是为了保护她就是为了让他自己镇静下来。”这只能理解为是“上帝耶稣”的力量，化解了他与西米维亚之间的矛盾与冲突。因为当克拉克眼中的“基督耶稣”，在亮光中逐渐变成“一只白色小山羊”时，他终于从她的肩膀上“松开了手”。其三，弗洛拉见到克拉克时，先是“变得羞涩起来，垂下了头”，后又用“头顶顶克拉克的腿”。而对西米维亚的接近，它却“立刻低下头来做出要顶她的样子。”可见它对主人的“忠贞不贰”。第四，克拉克说它“简直就像个幽灵”，并说它是“从外空间来的”，后来他们一起回家。从弗洛拉有时在梦中出现；有时在黑夜中突然“降临”；有时又是现实中的存在，足以表明它的超然存在——非理性的存在。也就是说，门罗在文本中探讨的既有人的理性存在，也包括人的非理性存在，由此表现了其文学构建的世界多元性。

弗洛拉的出现使一切冲突得以“和解”，从此真正是雨过天晴。首先是西米维亚与克拉克的“和解”。两人在黑夜中分别时，文本中写道：

“以后需要帮工时我会另行安排的，”她说，“目前大概也不会需要了。”她又几乎是带着笑意地加了一句，“不会再给你们添加麻烦了。”

“那行，”他说，“你还是回去吧。会着凉的。”

从这段对话不难看出，两人的冲突明显“和解”，而且像朋友分手一样的友好。西米维亚回家后越想觉得“山羊”的出现越神奇，甚至猜想会不会和丈夫利昂有关系。可见，“小山羊”在“爱情”之间的隐喻意义。

克拉克回家后，卡拉醒来了。克拉克说他把衣服送还了西米维亚，且“没发生什么事儿”。卡拉说“那些都是她胡编的”，这就表明她向克拉克说她“逃离”前后与西米维亚之间发生的事。于是，便有了这样的对话：

> “知道了。”
>
> “你一定要相信我。”
>
> “我相信你就是了。”
>
> “全部是我编出来的。”
>
> “知道了。”

可见，卡拉没有把自己的“逃离”责任推给西米维亚，说明她对自己的选择是负责的。克拉克也没有追究卡拉的不是，表明他内心也在反省自己的问题。于是才有下面一幕：

> 他上了床。
>
> “你的脚好冷，”她说，“好像打湿了嘛。”
>
> “露水很重。”
>
> “过来点，”他又说，“我看到你的字条时，就像五脏六腑一下子全给掏空了。真是这样的。如果你真的走了，我就会觉得身体里什么都没有留下了。”

从这段对话可见，克拉克对卡拉的“逃离”行为，不仅没有责怪，而且明确表明卡拉在他心中的重要地位。这一态度既给“归来”的卡拉有台阶可下，又暗示了其思想转变。他让卡拉“过来点”，不仅暖心，更是对她的接纳。加之，卡拉的出走，就像掏空了其“五脏六腑”，可见她在其心中的重要存在。仅这点，足以打动卡拉的心，从此不再“逃离”。

经过“逃离”事件后，卡拉、克拉克和西米维亚三个人都像完全变了一个人似的，就连天气都由阴转晴，夏天总算来了。文本中写道：

> 晴朗的天气一直持续着……暖风轻轻吹过，人人都手痒痒地想干点什么了。电话铃不断……一辆辆面包车开来，满载着精力充沛的孩子。不再盖毛毯的马匹沿着栅栏轻快地跑着。

这就暗示着卡拉夫妇的马场从此生意兴隆。不仅如此，卡拉夫妇的关系也发生质的变化，且集中体现在以下几个方面：第一，克拉克的主体重构。在“逃离”日之后的那一天，克拉克以合适的价格买到了修补屋顶的材料，用了一整天的时间“重新安装好了环形跑道的屋顶。”这一行为，显然隐喻着作为主体的克拉克的自我改变。他首先从改变自我的不足开始，其中的“重新”二字无疑蕴含着主动修复夫妇关系。第二，夫妇关系的飞跃。一连几天，他们分头干活时“挥手作别”。遇到相互挨近且无人时，她便会“隔着他薄薄的夏季衬衫，吻吻他的肩膀”。可见夫妇感情的甜蜜。如今的他“精神头很高，就像她刚认识他时那样让他难以抗拒”。对此，文中写道：“到处都是鸟儿。天刚蒙蒙亮红翅乌鸦、知更鸟就在歌唱，还有一对鸽子。”鸟儿为夫妇之间那愉快、和谐的生活在歌唱。一对鸽子则隐喻着夫妇的恩爱。由此可见，卡拉的“回归”绝非一个平面上的重蹈覆辙，而是“莫比乌斯环”上的、不同次元的“逃离”与“回归”。在此过程中，克拉克也抵达了自我解构与重构的新高度。正如弗洛拉在卡拉梦中所“诱导”的那样——弗洛拉带着受伤的腿，穿过了铁网——夫妇共同走出了“家庭藩篱”，迈向新的未来。对于过去的这段经历，叙述者对卡拉的感受描写道：

> 她像是肺里什么地方扎进去了一根致命的针，浅呼吸时可能不感到疼。可是，每当她需要深深吸进一口气时，她便能觉出那根针依然存在。

首先，门罗通过其代表性短篇小说《逃离》所要表现的主题是人类心灵的“逃离史”，它隐喻着人类心灵的诸多“逃离”欲望。诸如家庭、父母、工作单位和现实生活中的各种“困境”等，就像人们想“逃离”生活的“围城”一样。其次，通过这次“逃离”，卡拉对家庭生活或生活本身的理解，无疑上升到另一个高度。卡拉将她对生活的重新认识，形象地比喻为就像“肺里什么地方扎进去了一根致命的针”，当你“浅呼吸时”感觉不到疼，可是，当你深呼吸时，就会感觉到“那根针依然存在”。其深刻寓意是在人生的经历中，也许每个人的内心都有一处难以愈合的“伤痛”。当你忙碌时，你感觉不到“疼”，当你一旦闲下来回味时，仍会觉得那里隐隐约约地“疼”。日本作家村上春树《没有色彩的多崎作与他的巡礼之年》(2013)中的主人公多崎作，首先被完美得就像“一只手的五个手指”的共同体踢出，后来又被深爱的女友萨拉抛弃，他感慨地说：其内心的伤痛，就像其心灵深处存在一块永远无法“化掉的冻土”。门罗在此所说的扎在卡拉“肺里的那根致命的针”与村上春树所说的，存在于多崎作心灵深处的那块永远无法“化掉的冻土”，在艺术表现上应属异曲同工。第三，正因为卡拉通过“逃离”，对生活有了如此深邃的顿悟，她才积极地面对未来。文本中写道：

> 这段时间里，她得带两个队出去骑行，还得给孩子们上课，个别辅导和成班教的都有。晚上，在克拉克将她拥入怀抱时——尽管很忙，他现在却再也不觉得太累而没有情绪——她也觉得配合起来不那么困难。

从中不难看出，卡拉在“逃离”中“归来”后的这段时间里，每天忙得不可开交，但她乐此不疲。当然，克拉克也很忙。然而，到了“晚上”当他将她“拥入怀抱时”，双方的态度明显发生质的变化：“他现在却再也不觉得太累而没有情绪——她也觉得配合起来不那么困难。”即一方是“努力”，另一方是“配合”，由此过上了“和谐”的夫妻生活。

西米维亚也走出了“迷恋”卡拉的困境。在卡拉“回归”后，她想起了与丈夫利昂的美好过去，同时以书信的形式表白了自己的想法与世界观的改变，并体现在以下几个方面：

第一，她所关心的不过是卡拉的幸福，现在她明白：卡拉必定在夫妻关系上也能够得到幸福。如今，她的唯一希望就是：“没准卡拉的出走与感情上的波动，能使卡拉的真正感情得以显现，而且认识到她丈夫的感情也同样的真实。”这是非常重要的一点。即西米维亚从一个旁观者的视点，指出了卡拉“逃离”的另一个重要意义。第二，她在“信”中重新强调了那天晚上，弗洛拉突然出现在她与克拉克面前的惊人一幕：

我们当时是站在平台上说话，我面朝外，先看到一种白色的东西从黑夜里朝我们移来。这当然是地面上雾气产生的效果，但的确令人恐怖。我当时尖叫了一声。（中略）就在那里，我们两个成年人，都吓呆了，紧接着，从那团雾里走出来丢失的小弗洛拉……

然而，它那一刻的出现却对你丈夫和我都产生了很大的影响。两个因敌意而分成两个阵营的人，在同一时刻，都被同一个幽灵迷惑住了，不，是吓着了。于是在我们之间产生了一种联系。我发现，我们之间以最不可思议的方式联系在了一起。在人性的共同基础上——这是我想得出的唯一的描述方式。我们几乎就像是朋友的告别。就这样，弗洛拉在我的生命中起着天使般的作用，也许在你丈夫和你的生活中也是如此吧。

首先，我们来看西米维亚“尖叫了一声”的情节背景：

“我认为你欠我——也许是——欠着我一个道歉。”

西米维亚说：“好吧。如果你这么认为。那就对不起了。”

他动了动，也许仅仅是想伸一下手，可是随着他身子的移动，她尖叫起来了。

他大声笑了起来。他把手按在门框上，确定她并没有关严。

“那是什么？”

这是从叙述者角度叙述的克拉克的行为——“他动了动，也许仅仅是想伸一下手”，但从西米维亚的感觉而言，她无疑认为克拉克在动手打自己，所以才“尖叫起来了”。这是其一；其二，对她的“尖叫”，克拉克却“大声笑了起来”，他显然是在欺负一个弱者，报复她对自己的不满。他前面就想诈骗西米维亚太太，这回总算找到了机会，这些都刻画了其内心的“阴暗面”。其实，不仅是他对西米维亚和卡拉的态度，甚至对那匹脾气暴躁的栗色小母马——丽姬·博登——的不屑一顾，都体现着其“阴暗面”。那么，叙述者为何要刻画克拉克的阴暗面呢？荣格心理学认为：“阴暗面并不可怕，相反，如果一个人没有阴暗面，则是一个缺乏人情味的人。”因此，在被认为是恐怖的“幽灵”出现的那瞬间——最危难的关头，克拉克本能地抓住了西米维亚的“肩膀”，用西米维亚话说就是：“在同一时刻，都被同一个幽灵迷惑住了——不，是吓着了。于是在我们之间产生了一种联系。我发现，我们之间以最不可思议的方式联系在了一起。在人性的共同基础上——这是我想得出的唯一的描述方式。”

对此，我们可做出这样的分析：在夜晚，突然出现一个“幽灵”的瞬间，两人不仅仅是“吓着了”，而是体验了一次人生从未体验过的“恐惧”。而正是这场“恐惧”体验，激发了其内心的变革。荣格心理学认为：“人在成长过程中发生决定性的变革时，他必将经历一次死与再生的内在体验。这就是为什么，在古代的传说中，经常会描写人在实现自我的过程中，往往会发生死与再生的主题”（荣格，2018）[135]。即两人在直面“恐惧”的瞬间，突然激发出一种人性中最宝贵的本能——相依为命的互助精神。也就是说，当时处于强者的克拉克，前一秒钟还在得意忘形地“大笑”，而在后一秒钟却把保护西米维亚的“手”按在了其“肩膀”上。这时，西米维亚也本能地接受了敌视者的保护。可见，在此危难关头所激发出的，化敌为友的“人性的共同基础”不是别的，而是危难时刻人类相依为命的互助精神。这也就是西米维亚为何对突然出现的恐怖物——小山羊——的认识，由“幽灵”转变为“天使”的内在根据。同时也是两人由敌视状态，转变为“我们几乎就像是朋友的告别”一样的深层原因。

经上分析发现，这次“恐怖”事件后，从黑夜回来的克拉克从此像完全变了一个人。他不仅对卡拉好，对丽姬的女主人——乔依·塔克的态度也是“又说又笑，像什么事也没有发生”。西米维亚的变化更不必说——她不仅认识到卡拉在“夫妻关系上也是能够得到幸福”，而且真心告诫卡拉说：“弗洛拉在我的生命中起着天使般的作用，也许在你丈夫和你的生命中也是如此吧。”即她自己因弗洛拉的出现，在世界观上发生质的变化，她也希望弗洛拉的回归能改变夫妇两人的世界观，乃至价值观，从此和睦相处。与他们两个相比，卡拉不仅从“逃离”到下车“回归”，其世界观已发生质的飞跃，在看完西米维亚的信后表现，更加表明卡拉与过去自我的彻底决裂。文本中写道：

> 卡拉读完信，立刻将它捏成一团。接着她在水槽里将它点燃。火苗一蹿而起，怪吓人的，她打开水龙头，然后铲起这些黑黑软软、让人憎厌的东西，放进马桶用水冲掉，她一开始就应该这么办的。

对此，我们不禁要问：卡拉对西米维亚真诚的信为何会做出如此憎厌反应呢？其深层心理动机有两点。一是对过去自我的厌恶，因为她看到信就意味着重新回味她与西米维亚的那段经历；二是对过去的自我，乃至与西米维亚关系的彻底决裂——不仅要将其烧成灰烬，而且还将其“放进马桶用水冲掉”，可见其坚定的决心。

因此，叙述者围绕卡拉的“逃离”所要探讨的核心问题，体现在不同层面、不同人物内心世界的“逃离”与“回归”，以及如何抵达“自救”的彼岸。概括而言，通过“逃离”中的反思与“记忆”的回归，卡拉站在不同次元的高度，重新认识了她与克拉克之间的“真正感情”，同时，她也确信“丈夫对她的感情也是同样的真实。”因此，卡拉的“回归”是不同次元的“回归”，而非同一平面的返回“原点”。克拉克在真正直面卡拉的“逃离”时才发现，如果卡拉真的“逃离”而去，则意味着其“五脏六腑都被完全掏空”，可见她在其内心的重要意义。并且，就在卡拉“归来”的那个晚上，小山羊弗洛拉的出现，使他彻底改变了因其成长过程中的“家庭”等原因所形成的、对“他人”抱有“敌视”心理的“阴暗面”。西米维亚的改变也是惊人的，她首先对自己认为的、所谓的“女性主义”——对卡拉的“迷恋”，进行了真正反省，进而对其与丈夫利昂的感情，也得以重新认识。因此，周庭华(2014)的以下论点值得进一步思考：“门罗借卡拉的内省表明家庭对女性的情感和心理的重要性，从而质疑西米维亚简单否定家庭的激进观点。卡拉的出逃没有给她带来自由的喜悦，反而是内心空虚和恐惧。卡拉最终听从内心真实情感的召唤，不顾西米维亚的谆谆教诲，毅然踏上了回家之路。卡拉的回归，让这个描写女性逃离家庭的故事发生了逆转。可以说，卡拉的形象背离了易卜生的名剧《玩偶之家》以来大量文学作品所塑造的逃离家庭追求自由的女性形象，同时也与《你以为你是谁？》(1978)等门罗此前的作品中塑造的女性形象大异其趣。”

首先，门罗在《逃离》中塑造的作为女性形象的卡拉，堪与世界文学中塑造的任何“逃离”家庭中追求自由的女性形象媲美。从“逃离”到“回归”，卡拉不仅确认了她与丈夫的真正感情，而且真正认识到“自由”不等于“幸福”，特别是作为一个女性的幸福。自从“归来”后，尽管每天忙碌不堪，但她被丈夫拥入怀抱时的“幸福感”，也许才是一个女人真正想要的，最为珍贵的心灵安慰。其次，西米维亚的世界观转变，从不同层面突显了她帮卡拉“逃离”的现实意义。它虽然不是“危难”关头的，人与人之间相依为命的“互助”，但是，她帮助卡拉“逃离”的契机，却发挥了意外的积极作用——不仅拯救了自己，同时也拯救了卡拉夫妇的“家庭关系”。第三，门罗作品中的“家庭”，仅仅是她探讨“作为一个人存在的方式”而已，而非其他。或者说，门罗通过“逃离”探讨了三代人的“存在方式”——卡拉的父母、西米维亚和诗人利昂，乃至卡拉与克拉克。

最后，我们再来看小山羊弗洛拉的归宿，因为小说在结尾部分对其去向假设了多种可能。一是可能“丢了”，这是克拉克的观点。他认为弗洛拉“说不定进了落基山脉了”，因为那边“野山羊可真不少，犄角什么模样的都有。”这是作为山羊主人的克拉克对其“爱物”的祝福，希望它有一个属于它自己的归属——回到同一种族的自然中去。因此，“卡拉与弗洛拉的关系越亲密，与克拉克的关系就越疏远，克拉克确有足够的动机杀死弗洛拉”(李国华，2013)。这一观点就值得商榷。二是叙述者从卡拉的视点对弗洛拉归属的暗示。此暗示的结果看似扑朔迷离，但其寓意可谓深邃而多义。弗洛拉可能被落在枯树的“秃鹫”吃了，因为卡拉朝那里走去时看见：“草丛里肮脏、细小的骨头。那个头盖骨，说不定还粘连着几丝血迹至今尚未褪净的皮肤。这个头盖骨，她都可以像捏着茶杯似的用一只手捏着。所有的了解，都捏在了一只手里。”如果弗洛拉真的被“秃鹫”所吃，则显然隐喻着它的升天。这是人类对死者的共同祈祷和祝愿。同时，假如它象征着“爱情”，那么，捏在卡拉手中的、也许是山羊的“头盖骨”，则隐喻着她对“爱情”或“家庭”的新认知——幸福要掌握在自己手里。三是皆有可能：

> 他说不定把弗洛拉轰走了。或是将它拴住货车后面，把车开出去一段路后将它放掉。把它带回到他们最初找到它的地方，将它放走。不让它在近处出现来提醒他们。
>
> 它没准是给放走的呢？

叙述者在这里所说的“他”当然是指克拉克，由此将弗洛拉的上述两种可能去向相对化。这又是为何呢？这种开放式的结尾，旨在通过弗洛拉的不可预测的未来命运，隐喻人生未来的不可知性。如果说弗洛拉是自愿“出走”，回到有许多“野山羊”的地方，那就意味着人之命运的自主选择，也是最理想的结局。但这只能是“爱”它的主人克拉克的祝愿。如果说弗洛拉真的像卡拉幻想的那样，被“秃鹫”吃掉了，则暗示着人之命运的不测。“升天”只能是卡拉的美好向往而已。假如前两种都不是，而是后两种——弗洛拉是被克拉克“放走”，或者是“轰走”的，则隐喻着人与社会的复杂关系，由此可见门罗作品主题的多义性。叙述者既主张作为主体的自我，要把自己的幸福把握在自己手里，又承认命运的偶然性，乃至社会关系的复杂性。因此，小说的结尾写道：“日子一天一天地过去，卡拉不再朝那一带走了。她反抗着那样做的诱惑。”在此，所谓“那一带”无疑是指她“干完一天的杂活后”，傍晚去散步的地方，也就是“秃鹫”在那里聚集的枯树的跟前。因为，那里是她独自思考、想象的地方——想象着弗洛拉的去向，想象着自己未来。现在，她克制自己尽力不去想这些，而是直面一切。结尾与开头遥相辉映：

> 随着干燥的金秋时节的来临，这个鼓舞人心的、能收获的季节，卡拉发现，对于埋在心里的那根刺痛她的针，已经能够习惯了。现在再也不是剧痛了，事实上，再也不让她感到惊异了。她现在心里埋着一个几乎对她有吸引力的潜意识，一个永远深藏着的诱惑。

这就是卡拉通过“逃离”与“回归”，对于一个人存在的不同次元的认识。她对“埋在心里的那根刺痛她的针”的不同认知，正表明其对自我存在的新认知——也许每个人内心都埋着一根让自己时不时地感到隐隐作痛的“针”，且不同的个人会做出不同的反应。就卡拉自己而言，她首先采取的态度是“逃离”，可是，在此过程中她对自我存在的意义有了新的认识，于是便决定“回归”。她的“回归”并不意味着那根“刺痛的针”已经抽取，而是如何对待它的问题。卡拉用“已经能够习惯”的态度，表明其内心感受，足见她对同一问题的不同认知高度，即人生中会遇到各种起初认为难以忍耐的“境遇”，但是，如果你能改变一种视角去感受它、认识它，眼前就会出现一片意外的新天地。但这里所说的“习惯”，不是被动地逆来顺受，而是主动地改变自己，改变周围的环境。因此，如今在卡拉内心埋下的不再是那根“刺痛”她的、隐隐作痛的“针”，而是一根极具“吸引力的潜意识，一个永远深藏着的诱惑”。同时，这个“潜意识”的“诱惑”不是别的，而是弗洛拉隐喻的整体形象——智慧、勇敢和对人性的共同基础的执着追求。

门罗在《逃离》中书写的“逃离”主题，绝非同一平面的往返运动，而是从现实世界层面的“逃离”，螺旋式上升到不同次元的“回归”，实现了不同层面叙事主体的解体与重构。文本中以卡拉的“逃离”与“回归”为主线，从不同层面探讨了卡拉、西米维亚和克拉克三个人物内心世界变革问题。首先，卡拉通过直接的“逃离”体验，她从现实生活——与克拉克的家庭生活，乃至与西米维亚的“暧昧”交往——的外部世界，通过追溯过去的“记忆”，重新审视了她与丈夫克拉克的家庭问题及其“爱”的真谛。其“记忆”的内涵主要有两个：一是她从自我成长的家庭，也就是父母那里“逃离”出走。这里看似叙述卡拉如何不顾父母的反对，毅然决然地“逃离”自己成长的家庭，与和自己相爱的情人克拉克出走，但其中却暗含着双重的女性“悲剧”。母亲听着情窦初开的女儿卡拉在家哼唱“吉卜赛流浪汉”的民歌，就明白了此行为意味着什么。于是，她站在母亲的立场警告女儿：“他会伤了你的心的，这还不是板上钉钉子的事儿。”可是，涉世不深的卡拉不能理解母亲的“苦衷”与“忠告”，不顾一切地跟着克拉克走了。如今，她坐在大巴上怀着迷惘的心境，追溯“记忆”中第一次“逃离”父母时的情景，不禁怆然泪下。在此，两代人的女性“悲剧”重叠在一起，撼动着正在“逃离”途中的卡拉的灵魂。二是她又想起了“逃离”父母后，自己如何与克拉克一起坐着一辆破烂不堪的“旧车”，一路上开心地唱着、说着，并设想着未来的日子。此时此刻，她才又重新认识到了克拉克的优点——独自一人闯荡江湖，挣下钱够买一个小庄园——以及对她的“爱”。当下，两人好不容易建起了自己一直向往的“骑马场”，她遇到点小挫折就“离”他而去。文本由此将她对克拉克的不满情绪相对化，进而能够站在现实生活的外部，也即不同次元的高度重新审视和认识"问题"的根本所在。于是，她又不顾一切地告诉司机"我要下车"，并立即给克拉克打电话，让他来接她。卡拉的这一"逃离"显然是在不同次元上的"回归"，可是许多学者却把卡拉的"逃离"与"回归"置于同一平面给予评价。可见，这些见解对门罗探讨的"逃离"主题的认知存在不足。

不仅如此，绝大多数学者只探讨卡拉的问题，而忽略了西米维亚和克拉克的叙事主题。西米维亚起初帮助卡拉"逃离"的动机，显然是出于对年轻可爱的卡拉的"暧昧"感情。可是，以卡拉的"逃离"与"回归"事件为契机，以及"小山羊弗洛拉"的突然"降临"，在一瞬间，不仅化解了她与克拉克的"敌对"关系，而且"几乎像朋友似的告别"之结局，使她从灵魂深处领悟到"人性的共同基础"——在危难时刻，人与人之间互相帮助的本能及其人性之美，由此走出了"自我中心"的女权主义藩篱，对人生的价值有了新的认知。与西米维亚相比，克拉克的内心也发生了巨大的自我变革。通过卡拉的"逃离"与"回归"，他充分认识到如果卡拉真的离他而去，其"五脏六腑"都将被掏空，从而在不同高度重新认识到了卡拉的存在，和在其心中的位置。在小说的结尾部分，叙述者说：克拉克认为"小山羊弗洛拉"也许回到有"许多野山羊的地方——落基山脉"。这无疑在暗示，通过这次的"逃离"事件，克拉克从此真正懂得了如何尊重和爱护卡拉的存在，应该让她有自己的心灵世界的活动空间，而不是无视其存在，甚至将对方作为"小宠物"对待，高兴时就对她好，不高兴时就无视对方的存在，甚至伤害对方。因此，如果说西米维亚的思想转变表现了人与人的社会关系，那么，克拉克的内心变革则提出了夫妇之间在漫长的人生中，应该如何珍惜和爱护对方，进而和睦相处的话题。因此，门罗在《逃离》中探讨的问题，并未局限于家庭问题，而是以"家庭"问题为轴心，进而扩大为人与社会乃至"一个人的存在方式"。这才是门罗在《逃离》中探讨的问题精髓。

安部公房的《沙女》也是探讨"逃离"主题。主人公仁木顺平因不满足于自己作为一个平凡中学教师的人生，决定到野外去采集一种名叫“蛤蚲”(ハンミョウ＝hannmyou)的昆虫。他想:“如果能采集到这种新发现的昆虫，自己的名字就能和昆虫的名字一起，收录于《昆虫大图鉴》得到长久保存，也不枉来此世一趟。”可是，没想到不仅未能采集到想要的昆虫，反被软禁在一个部落的“沙穴”里，从此失去人身自由。在他的生活中，除了“沙女”的爱，每天只有靠铲“沙子”度过单调而乏味的生活，否则就会因无水而困死。他又开始了自己的“逃离”计划，可是屡逃屡败，无奈之下只好暂住“沙穴”，另图“逃离”机会。然而，一次偶然机会他发现，将木桶埋入沙中，用塑料膜覆盖桶口，利用“沙子的毛细管现象”，过几天打开木桶，就会因返潮而积水。这就是他发明的“镏水装置”。只要利用此装置能够得到水，就再也不必担心部落用断水来恫吓他。此时，被困在“沙穴”中的仁木顺平“就像登上高塔上一样心情舒畅，他觉得整个世界都翻了个个，就像凸起与凹陷完全颠倒了一样。”或者说，他虽然身在“沙穴”，其实已经和住在其外没什么两样。就这样，他在意识上已经超越了“沙子组成的墙壁”，其内心的想法也在开始变化。如今，他有计划“逃离”，可是他放弃了机会，决定留在“沙穴”。北川透指出:“男子不逃亡的原因当然是‘镏水装置’。因为‘镏水装置’的发现，他的意识就像在沙子上流动的船，已经从定居的固定观念中解放出来。所谓不再逃离，无疑意味着未来的他只能在‘沙穴’里和‘沙女’一起过定居的共同生活。但是，这样的定居生活，因‘镏水装置’的发现，已经变为‘流动的家’。就像他曾经梦想的那样，‘内部是固定的，而外部却是流动的家’。”即仁木顺平因“镏水装置”的发现，从“意识”上超越了生活中倍感毫无存在价值的“墙壁”，找到了自我存在的意义。

多丽丝·莱辛的《野草在歌唱》中的主人公玛丽也因对现实生活的绝望，产生了“逃离”家庭的想法。小说主人公玛丽出身贫穷，一直渴望摆脱物质贫困和精神压抑的现实，过上理想的生活。可是，30 岁的她始终没有找到能够改变自己命运的计划。无奈之下，她终于迫于世俗的压力，与一个老实巴交的农场主迪克结婚。理想与现实的差距，或者说由于她的世界观使然，其婚后生活并不如意，农场惨淡经营，家中一贫如洗。精神上毫无寄托的她，深感日子沉闷而空虚。于是，她独自一人“逃离”，丈夫迪克发现后赶来接她时，她只好半推半就地跟着“回家”。因为“逃离”出来后，未来的日子到底如何过下去，她一片迷惘。后来，她与黑人男佣摩西发生男女之间的“暧昧关系”，由此陷入对摩西既渴望又憎恶，有时甚至恐惧的矛盾心理。不久，这种关系被迪克的朋友托尼发现。为了不失自己的身份，玛丽当着托尼的面，羞辱地赶走了摩西。在他即将离开这里的时候，摩西杀了玛丽。恺蒂指出："他掐住玛丽的脖子时，‘原野终于复仇了，这是她最后的想法。’这是玛丽的救赎。到了她生命的最后一刻，她终于和非洲原野达到一种悲剧性的理解和和解。这里，摩西成了原野的象征”(恺蒂，2008)。此观点认为，玛丽的“他杀”是其唯一的“救赎”出路，即叙述者通过主人公玛丽的“死亡”，实现灵魂的自我“救赎”，进入通过对现实世界的否定，换来一个新世界的降临。

由此可见，卡拉通过“逃离”的直接体验，决定“回归”的深层原因是她站在“家庭”生活或者是日常生活的外部，重新审视她与克拉克的“爱”，以及直面的生活困境，其意识世界发生巨大变革。也就是说，她通过追溯过去的“记忆”和设想未来在大都市多伦多的生活，从内心真正认识到克拉克在自己心中的位置和对她的“爱”，以及当下拥有的生活，这都是她想要的东西。尽管当下遇到了挫折，但相比再度进入多伦多，到处奔波，看别人的脸色求生，都是完全可以克服或者接受的现实。相反，那些都不是她真正想要的未来生活。如果说《沙女》中的主人公仁木顺平，通过“逃离”共同体后的自我斗争——与自我内心和生存环境的抗争——找到了自我存在的价值和意义，超越了内心世界直面的“墙壁”，卡拉则通过“逃离”的体验，从意识上使内心直面的“墙壁”得以相对化，明确了自己真正想要的“未来生活”。而玛丽却很不幸，她始终未能走出现实生活的藩篱。但是，与前二者的主体自我的解构与重构相比，玛丽的“救赎”从悲剧意义上，发挥了其独特的艺术效果。假如从作品诞生的历史背景去考察，莱辛直面的20世纪50年代的现实世界，与安部公房直面的20世纪60年代的日本，门罗直面的20世纪初的加拿大，都有着本质上的不同。莱辛探讨的是"种族歧视"背景下的人的生存状态，而后二者探讨的是共同体内部的、个人存在的价值问题。但门罗探讨的叙事主题，又不同于安部公房探讨的经济飞速发展背景下的异化问题，可见《逃离》在世界文学史上的价值和意义。

第四节 创伤"记忆"与希望抉择:《砂砾》中的不可靠叙事

《砂砾》是门罗最后一部小说集《亲爱的生活》(2014)中的一篇。小说以男性第一人称的视角讲述了小时候母亲带着自己和姐姐离开家和情人生活，最后姐姐不幸溺亡的悲剧往事。文本最大的特征是充满了大量的不确定。比如，母亲前后的心理变化，姐姐究竟为何溺亡，姐姐对于母亲离开家的感受如何，"我"为什么没能挽救姐姐。在这些大量的不确定中，文本究竟表现了什么？因此，本书从叙事学的视角切入，从三个层面分析文本记忆书写中的不可靠叙事，及其所表达的主题：首先是记忆的不可靠性，即叙述者个人有意识选择记忆忘却痛苦；其次是伦理观的冲突，即叙述者"我"和尼尔、爸爸、妈妈、姐姐等人物的伦理观、价值观冲突；最后是读者接受层面文本与读者的互动。

一、"记忆"中的创伤与痛苦抉择

布思(1987)认为，"倘若叙述者的言行与隐含作者的规范保持一致，那么叙述者就是可靠的，倘若不一致，则是不可靠的。这种不一致的情况往往出现在第一人称叙述中。"

《砂砾》中，主人公对于姐姐的死亡多年来反复回想，自己却无法确定事实真相如何。就姐姐溺水事件来看，"姐姐是不是不高兴？姐姐是不是不让我救她？""可能她自己也不知道自己想要什么。是关注吗？我不认为她想淹死自己。想让大家关注她糟糕的心情？我到底怎样救姐姐？"这些疑问和主人公的梦境纠结在一起。梦里，她"不停地奔跑，不知奔向何处"(门罗，2014b)[96]。可以说，作为叙述者，她的讲述自相矛盾。

随着叙事进程的展开，真相透过叙事者不断的选择性回忆慢慢浮出水面。也就是说，叙述者的不可靠程度在叙事进程中不断变化。在《砂砾》文本的第一人称回忆叙述中，"我"有时作为"叙事者"讲述自己的经历，有时又成为被讲述者，即"事件的经历者"。"我"的这两重身份随着小说叙事进程的推进而不断转换，不断变化。

幼年的"我"深受姐姐溺亡的沉重打击，以致多年来常感到内疚、怀疑、痛苦，始终生活在自我否定的精神创伤中，有时甚至需要自欺欺人地让自己暂时逃离这种痛苦。"我"努力说服自己是姐姐不让"我"救她："卡萝指示我不要跳下去。每当我梦到这个场景，我所需要做的就是看着她，并感到开心"（门罗，2014b）[95]。与此同时，内心又反复提醒自己事实并非如此："我不记得她们接连落水时的扑通声。也许那时我已经转身朝拖车房走去——我一定已经转身走去。"在矛盾痛苦中，"我"明知姐姐让"我"不要救她这种想法是骗人的，也只能这样安慰自己。这种自我欺骗是为减轻内疚和痛苦的借口和伪装。可以说，"记忆不总是内疚的根源，有时记忆可以成为逃离的方式，甚至是庇护所"（门罗，2014b）[103]。而"我"的叙述其实是一种消解叙述，即"先报道一些信息，然后又对之加以否定。最终，只能肯定叙述者对他者的讲述与真正发生了的事相去甚远"（Duncan，2011）[175]。也就是说，"主人公同时拥有'角色'与'叙述者'的双重身份，并因此而承担着角色行动与讲述故事的双重职能。这种身份职能的双重性，决定了他叙述行为的本质：即在言说的'可靠'与'不可靠'之间，获得相依并存、转化交替的微妙平衡。此时，'话语'在某种意义上创造了一种新的现实"（申丹 等，2010）[115]。

二、"记忆"中的道德伦理与价值冲突

费伦（2002）认为："我们在叙事里所处的任何一个伦理位置都是四种伦理情境互动的结果：故事世界里的人物的伦理情境；与讲述行为直接联系的叙述者的伦理情境；与作者的读者相联系的隐指作者的伦理情境；真实读者的伦理情境。这四种情境在读者的阅读行为中互相影

响，将文本技巧与读者的认知理解、情感反应结合在一起。”他指出，“人物功能和叙述者功能实际上可以独立运作，‘我’作为人物的局限性未必会作用于其叙述话语”(申丹 等，2002)[175]。这种观点有助于解读《砂砾》中主体“我”记忆的复杂多面性。

小说中对于主人公姐姐卡萝溺亡的意外悲剧，有各种不同的声音。比如妈妈的声音“没人能让妈妈回忆起过去的时光”(门罗，2014b)[98]。“提起以前的那些房子时，她语气里有一丝鄙视”(门罗，2014b)[98]。尼尔说：“别浪费时间了。你不是在想如果你急忙跑回去告诉了我们会怎样吧，是吗？不是想要内疚自责吧”(门罗，2014b)[100]？“重要的是开心，不管怎样。会变得越来越容易。接受一切，然后悲剧就消失了。或者至少，悲剧变得不那么沉重了，而你就在那里，在这个世界无拘无束地前进”(门罗，2014b)[101]。“我明白他的意思。这么做的确是对的。但在我心里，卡萝仍然不停地朝水边跑去，跳进水里。而我仍然不知所措，等着她向我解释，等着那哗啦一声”(门罗，2014b)[101]。

小说在表现人物的时候，很多地方都是“我”听“他们”说的。比如，父亲知道母亲有了婚外情。“后来，当他回忆这段时光的时候，他说他一直是赞成艺术的”(门罗，2014b)[87]。文中写到母亲刚离开父亲，和婚外情人一起生活的日子，也是借由母亲的话说的。“后来她说，她也哭过。但她还说她感到了活力。也许是这辈子第一次，真正有了活力。她感到仿佛获得了一次机会，她的人生重新开始了”(门罗，2014b)[87]。“他对这一切是怎么想的？尼尔。他的处世哲学，正如他后来所说的那样，就是无论发生什么都欣然接受。一切都是礼物。我们给予，我们接受”(门罗，2012)[88]。而这与“我”的想法有着冲突：“我对这样说话的人心存怀疑，但我不能说自己有权怀疑”(门罗，2014b)[88]。

主人公母亲的婚外情人尼尔多年后谈起卡萝的悲剧时说：“接受一切，然后悲剧就消失了。或者至少，悲剧变得不那么沉重了，而你就在那里，在这个世界里无拘无束地前进。”而“我”虽认同他的处世哲学，即“就是无论发生什么都欣然接受。一切都是礼物。我们给予，我们接受。我明白他的意思，这么做的确是对的"（门罗，2014b）[88]，但在心里依然感到困惑和无法接受："卡萝仍然不停地朝水边跑去，跳进水里，仿佛带着胜利的姿态，而我仍然不知所措，等着她向我解释，等着那哗啦一声"（门罗，2014b）[101]。而爸爸的态度透过第三方，即他后来的妻子乔西传递出来："乔西是唯一会谈起卡萝的人，但甚至她也不经常提。她说爸爸不认为妈妈有责任。他还说当妈妈想要生活中有更多兴奋和刺激的时候，他一定有些迟钝和保守"（门罗，2014b）[100]。

小说透过"我"的回忆展现不同人物的态度和观念，从而引导读者思考生活中该坚持什么和如何认识悲剧。"我"一开始对于自己该选择什么样的人生价值观都无法确定，后来在咨询师的引导下放弃了对真相的探索，屈服于现实。"我曾经因为这件事去见一位专业人士，有一段时间，她说服我相信，我一定试过打开拖车房的门，但发现门是锁着的"（门罗，2014b）[96]。"咨询师因为让我得出这个结论而感到很满意，我也很满意。但只有很短的一段时间。我不再认为那是真的"（门罗，2014b）[96]。这些都体现了文本的不可靠叙述。

三、"记忆"认知与文本、作者、读者之互动

布思（1987）指出："叙述者对事实的详述或概述都可能有误，也可能在进行判断时出现偏差。……作者和读者会在叙述者背后进行隐秘交流，达成共谋，商定标准，据此发现叙述者话语中的缺陷，而读者的发现会带来阅读快感。"

"就文本的字面表层而言，普世的读者心中产生的质疑，语言表现文本中大量的不确定词语让人产生疑问，究竟真相如何。这样，作者、文本中的叙述者，还有读者之间就形成了互动读者的认知，发现文本中的不可靠叙述，这是认知层面的不可靠叙述，增加了读者的主动思考，深化了主题表现"（申丹 等，2010）[175]。小说中，关于母亲离开家之前的生活，"我"不确定。"我几乎不记得那段生活。也就是说，我清楚地记得某些部分，但无法将之拼成一幅完整的画面。我脑子里关于镇上那座房子的记忆只有我以前房间里画着玩具熊的墙纸。……通常说到最

后我什么也不记得。有时候我想我其实记起来了，但因为我记得的和她说的相反，或者因为害怕记错了，所以我假装不记得”（门罗，2014b）[85-86]。母亲和婚外情人好了之后，“我所知道的是——尽管我并不记得——爸爸哭了。”

姐姐溺亡，“我”去房间里看到尼尔。“我想他用单调而悲伤的语调对我说了什么。奇怪。除此之外我不记得别的细节”（门罗，2014b）[97]。“我清楚地记得葬礼那天的情形”（门罗，2014b）[97]。这种“记得”和之前的“不记得”形成对比反差，产生一种讽刺的意味。痛苦都不记得，只记得那天高兴的时光，还有爸爸的第二任妻子——一个让人愉快轻松的女人。

这场悲剧多年来始终困扰着“我”，让“我”反复回想当时的场景。对此，“我”在专业心理咨询师引导和劝说下的讲述是：“我一定试过打开拖车房的门，但发现门是锁着的。妈妈和尼尔不想让人打扰，如果我猛地敲门他们会生气”（门罗，2014b）[96]。然而，“我”的内心话语却有所不同：“咨询师因为让我得出这个结论而感到很满意，我也很满意。但只有很短一段时间。我不再认为那是真的。因为我知道有一次他们没锁门”（门罗，2014b）[96]。可见，“我”对心理咨询师这一“他者”的讲述有悖于内心的真正感觉，这就使“我”的叙述产生了不可靠性。一个困扰“我”的疑问是姐姐卡萝当时到底在想什么。心理咨询师说“我”不可能知道。事实真相究竟如何，“我”本人似乎真的无法确定。有时，“我”相信姐姐是因为不满母亲和情人自杀：“在我的意识里，我能看见她抱起布丽兹，把它扔进水里，尽管布丽兹拼命地紧紧抓住她的大衣。然后后退了几步，之后向水里跑去。奔跑，跳跃，猛地跳进水里”（门罗，2014b）[95]。有时，“我”又怀疑自己的这种想法，觉得姐姐只是为了救落水的狗意外身亡：“说卡萝总是不高兴或者总是在谋划什么，那不是事实。她并非一直不断地表现不满。闷闷不乐不是她的天性”（门罗，2014b）[95]。另一个困扰“我”的问题是姐姐落水的时候，“我”到底有没有尽力救她。是母亲和情人的房门锁着吗？“我”就坐在门口等了一会儿:“我不知道我是不是在那里坐了五分钟。时间更长?更短”(门罗,2014b)[96]?还是“我”拼命敲门了?“我在那儿坐了多久?可能不太久。很可能我敲门了”(门罗,2014b)[97]。这些“我”都不记得。

小说是叙述者“我”借用过去“我”的视角的讲述。不可靠叙述往往仅构成作者的叙事策略,叙述者并非有意为之。但此处的叙述者虽然知晓后来的发展,却依然在叙述层上再现了当初不切实际的看法,这很可能是出于修辞目的而暂时有意误导读者的一种策略。当然,“还有一种可能性:在回味当初的幸福情景时,叙述者又暂时回到了当时‘宁静而幸福’的心理状态。若是那样的话,叙述者功能和人物功能则达到了某种超越时空的重合。对这样的不可靠叙述的理解有赖于叙事进程的帮助:只有在读到后面的悲剧性发展和结局时,才能充分领悟到此处文字的不可靠”(Duncan,2011)。门罗对于主体记忆中不确定性的表现,实际上揭示了主体对于自我的不断认知过程,反映了作为个体的自我的生活轨迹和对未来的意念。

第五节　绝望中的生命追寻:《亲爱的生活》中的多元叙事

《亲爱的生活》是门罗的最新作品。在小说集中,作家“比以往任何时候都更出色地展现了她的叙事艺术”(Kellaway,2013)。门罗本人也认为,《亲爱的生活》是她“迄今最好的作品”(Munro,2014b)。不过,学界对该作品的研究多集中于小说集最后四篇充满作家自传性色彩的故事,对前十篇文本有所忽略。对作品究竟在叙事艺术上有何突破,如何透过独特的叙事手法表现了人在痛苦中寻求勇气和希望这一主题,学界尚未有所关注。事实上,小说集在延续女性第一人称叙事视角、时空交错的叙事结构、简洁清晰语言的叙事传统基础上,又融入了多声部叙事,发展了“逃离-回归”二元往复中的开放性叙事结构,体现了冷静内敛的叙事风格,将作品主题和叙事艺术拓展到新的境界。本书立足于已有研究,从以上三个角度入手,主要通过对小说集中《漂流到日本》《亚孟森》《沙砾》三篇代表性文本的细读分析,挖掘作品如何通过矛盾并置的叙事手法，表现人物在遭遇意外后的丧失痛苦中生存的复杂心理与勇气希望，以及由此所展现的门罗作品中“主题丰富、道德矛盾、结构精妙、语言洗练”这一根本叙事特质。

一、第一人称与多声部并置的复杂叙事

门罗小说中的叙事多为女性第一人称以回忆的方式讲述自己的情感、婚姻、家庭经历。《亲爱的生活》中，门罗坚持的第一人称叙事表现出更多的复杂性，多个文本中都存在对于同一事件或经历的两种叙事：一是“我”对他者的讲述，二是“我”内心的自我言说。而二者之间总是存在着矛盾，甚至“我”本人都常常对此感到困惑。

记忆是门罗小说的重要主题。回忆中的事件经过了选择加工，反映出人物外在行为受到社会环境与内在真实想法的矛盾冲突的影响，反映了人自身的纠结与复杂性。记忆经过回忆的涤滤可能与事实有所偏差。《沙砾》开篇的时间标记“那个时候我们住在一个沙砾坑旁边”呈现出文本的回忆性叙事结构。门罗认为，即使记忆的重组与想象具有欺骗性和选择性的特征，记忆、想象、幻想对于我们的生活依旧很重要(Scurr，2012)。根据法国哲学家伯格森的现代主义时间概念，真实的时间与主观感受的时间不同，时间往往没有严格的过去和现在之分。这样，文本透过回忆表现出“过去与现在共存，相互作用，共同走向未来”这一主题思想。

可以说，小说中“我”对他者讲述的个人遭遇和经历有一个自我认知过程，因此讲述很可能经过了有意无意的选择、逃避，或是有意遗忘，可内心的真正感受却与此相悖。幼年的“我”深受姐姐溺亡的沉重打击，以致多年来时常感到内疚、怀疑、痛苦，始终生活在自我否定的精神创伤中，有时甚至需要自欺欺人地让自己暂时逃离这种痛苦。“我”努力说服自己是姐姐不让“我”救她：“卡萝指示我不要跳下去。每当我梦到这个场景，我所需要做的就是看着她，并感到开心”(门罗，2014b)[95]。与此同时，内心又反复提醒自己事实并非如此：“我不记得她们接连落水时的扑通声。也许那时我已经转身朝拖车房走去——我一定已经转

身走去。"在矛盾痛苦中,"我"明知姐姐让"我"不要救她这种想法是骗人的,也只能这样安慰自己。这种自我欺骗是为减轻内疚和痛苦的借口和伪装。可以说,"记忆不总是内疚的根源,有时记忆可以成为逃离的方式,甚至是庇护所"(Duncan,2011)[103]。而"我"的叙述其实是一种消解叙述,即"先报道一些信息,然后又对之加以否定。最终,只能肯定叙述者对他者的讲述与真正发生了的事相去甚远"(申丹等,2010)[175]。这也正是叙事学家詹姆斯·费伦在《生而述之:角色叙述的修辞与伦理》中所指出的:"小说在叙事修辞层面技巧的交叉并叠会引发伦理思考。平实文字之下隐藏的复杂技巧,会让读者不由自主地被它吸引,并对角色叙述的真实可靠程度与心理动机进行分析,再形成伦理意义上的判断评估,从而达到作者期待的叙事修辞效果。"也就是说,"主人公同时拥有角色与叙述者的双重身份,并因此而承担着角色行动与讲述故事的双重职能。这种身份职能的双重性,决定了他叙述行为的本质:即在言说的可靠与不可靠之间,获得相依并存、转化交替的微妙平衡。此时,话语在某种意义上创造了一种新的现实"(李晖,2018)[115]。

叙事声音与语言的多义性,或者说不同类型语言的互动是门罗创作风格和内容的基本特征。《亲爱的生活》中多处文本在第一人称叙事的基础上,也融入了其他多个叙事声音。小说集的最大突破是以男性为主人公和第一人称叙事声音的创作。《沙砾》就是以男主人公的第一人称视角讲述的往事,文本关注的是男性遭遇悲剧时的内心情感痛苦和心路历程。门罗说过:"爱不好、不诚实,不能以任何可靠的方式让人幸福。现实生活中存在浪漫激情的同时,也总是存在着糟糕的事情。"她的小说多讲述女性为摆脱成长做出反传统的事,却受到惩罚,在最脆弱的时候被男性背叛和抛弃。虽然门罗始终坚持自己并非女权主义者,她作品的主题和人物也并非真正意义上的女性主义,但在创作中门罗始终是以女性作为关注的中心点,她的作品几乎都是透过女性的声音为众多女性发声代言,对女性所处的社会状态和地位给予关注。因此,《亲爱的生活》中出现的男性声音表明,门罗开始从另一个视角思考她所在意和关注的两性关系问题，表现了作为女性作家的丰富想象力。这种以男性视角的叙事表现出作家的开阔视野和大胆探索。

此外，不同人物的多声部叙事所呈现的完整性特征与个体的自我叙述之间存在差异和矛盾，因而颠覆了个体叙述的权威，也产生了不同人生价值观的反差对比。《沙砾》中，对于主人公姐姐卡萝溺亡的意外悲剧，有各种不同的声音。主人公母亲的婚外情人尼尔多年后谈起卡萝的悲剧时说："接受一切，然后悲剧就消失了。或者至少，悲剧变得不那么沉重了，而你就在那里，在这个世界里无拘无束地前进。"而"我"虽认同他的处世哲学，即"就是无论发生什么都欣然接受。一切都是礼物。我们给予，我们接受。我明白他的意思，这么做的确是对的"（门罗，2014b）[88]，但在心里依然感到困惑和无法接受："卡萝仍然不停地朝水边跑去，跳进水里，仿佛带着胜利的姿态，而我仍然不知所措，等着她向我解释，等着那哗啦一声"（门罗，2014b）[101]。而爸爸的态度透过第三方，即他后来的妻子乔西传递出来："乔西是唯一会谈起卡萝的人，但甚至她也不经常提。她说爸爸不认为妈妈有责任。他还说当妈妈想要生活中有更多兴奋和刺激的时候，他一定有些迟钝和保守"（门罗，2014b）[100]。这样，第一人称叙事与多声部叙事的并置形成矛盾和张力，消解了单一声音话语的权威性，突显了叙事声音在自我认知与建构个体同他者关系两方面的作用，使文本充满更多的意义冲突，加强了文本的叙事复杂性。正如"变形"理论所认为的，不同声音的叠加和竞争有助于推进表达出多层意思，而"矛盾、犹豫、协商本就是门罗作品一直以来主要的关注点"（考克斯，2014）。《亲爱的生活》正是通过第一人称与多声部的并置叙事，表现了无论男女在面对痛苦与悲剧时或无奈挣扎，或勇敢选择生活下去的矛盾，以及在这一过程中获得的经验与成长。门罗正是通过书写各个主人公的痛苦与成长，揭示了真实生活中人的情感，传达出"爱让人看到黑暗中的亮色，即悲伤、痛苦、悔恨中孕育着的希望、勇气、信心"这一核心思想。

二、"逃离-回归"往复中的多元叙事结构

逃离是门罗小说的重要主题，文本多在逃离与回归之间建构起叙

事结构。门罗在《亲爱的生活》中扩展了这一主题与结构：逃离之所或是离家不远之处，或是异域国度。逃离的结果不尽相同，有些最终回归，有些无法回归。总体来看，文本在逃离与回归二元要素之间建构起的叙事结构主要是二者往复运动中的多元结构。具体表现或为"逃离-回归"的完整架构：《多莉》中老年女主人公离家出走后又回归，与丈夫和好。或是"逃离-回归-逃离……"的往复运动：《漂流到日本》中的已婚女主人公在逃离追寻内心情感与回归家庭身份之间不断反复犹豫。或者还有"逃离-无法回归"的开放性结构：《沙砾》中的母亲离开丈夫，追随婚外情人，最终再也无法回归家庭。这种多样化的叙事结构增添了文本叙事的复杂性，突显了人物的现实困境与矛盾心理。

门罗作品中的逃离与回归主题常常由旅程和火车这样的意象建构而成。旅程蕴含两层意思：真正意义上的旅程与精神探索之旅。《漂流到日本》的文本一开始讲的就是火车与告别。女主人公格丽塔带着女儿乘火车与丈夫告别，实际却是趁着丈夫要外出工作时去和自己迷恋的杂志编辑见面。在此之前，格丽塔因为和不爱与人交流的丈夫之间缺乏沟通："他从来都不愿多谈，认为多说没有意义，没有争辩，只是大笑。……两个人既然每天见面，每时见面，他们之间不需要任何解释"（门罗，2014b）[5]。她对平淡如水的生活感到乏味，随之对素未谋面的杂志编辑产生了"迷恋"。在一次聚会上，格丽塔终于见到编辑本人。在坐他的车回家的路上，二人产生了暧昧的情愫，可在编辑说"我在想应不应该吻你，结论是不应该"的时候，格丽塔感到一种屈辱，决心回归家庭："这种屈辱就像被狠狠扇了一记耳光，把她彻底打醒了"（门罗，2014b）[10]。可在那之后，她的内心迸发出更强烈的情感矛盾与挣扎："她几乎没有一天不想他。她对他如此渴望，几乎要哭出来。""这个梦其实很像温哥华的天气——一种阴郁的渴望，一种像雨又像梦幻的忧伤，一种环绕着心脏的重负。……有时候她大声说出他的名字，欣然拥抱自己的愚蠢。随之而来的是一阵令她自己鄙视自己的嫉妒羞耻。确实是愚蠢。愚蠢"（门罗，2014b）[11]。但当丈夫回到家时，"所有这些幻想都消失不见，蛰居起来，日常的爱意突显出来，和以往任何时候一样真实可信”（门罗，2014b）[11]。接着，丈夫外出工作了一段时间，格丽塔又踏上了前往和编辑约会的旅程：“生活发生了变化，天气突然放晴，大胆行动的机会突然出现。”在火车上经历了女儿丢失又找回的意外事件之后，格丽塔又一次下定决心回归家庭：“她们要在那里住一段时间，然后回家和爸爸在一起。”然而，文本最后，当她来到站台上，见到迷恋的情人时，她的内心“先是震惊，接着一阵翻腾，然后是极度的平静”。“她没有试图逃开。她只是站在那里，等着接下来一定会发生的任何事”（门罗，2014b）[26]。文本到此结束，留下未知的结局。

可以看出，《漂流到日本》中反复出现的是旅程，小说围绕各种旅程展开。女主人公在情感的洪流中不断逃离、回归，或是身体上的，或是精神上的，反反复复，矛盾痛苦，到文本结束时也没有安定下来。故事开头结尾都是乘火车，不过中心部分却是格丽塔的精神之旅：旅行到自己未知的领域，面对灵魂深处的危险。格丽塔感到屈辱般地离开杂志编辑，也正是她精神挣扎的开始。作品借由火车这一现实旅程的载体，在小说叙事中传达出这样的意义：离开和到达之间存在着某种状态，人们进入或离开彼此的生活就像上下火车，而离开与到达之间总是存在精神的探索与挣扎。“现代短篇小说更重视探索人的内在精神状态，而不是设计精美的外部情节”（Cox，2004）[35]。门罗笔下的旅程常常是人在真实的旅程中发现爱与记忆的情感之旅。门罗往往打破统一的中心叙事，使主观经历充满武断和散漫，叙事因而在记忆和感觉的相互作用下建构而成。由于人物始终无法安定下来，内心的纠结也没有最终解决，故事结局因而多是开放性的。这种对立元素并置的叙事手法突显了人物内心的挣扎，突出了主题表现。

值得注意的是，《漂流到日本》中，女主人公格丽塔在火车上发生的一个意外事件对她内心的天平产生了重大影响。她在火车上和偶遇的年轻男子激情云雨后，发现女儿丢失，后又找回。这一意外事件使她的想法发生了看似根本性的变化：不仅仅是因为家务事，其他各种想法也将孩子从她心里挤了出去。甚至在她对多伦多那个男人产生“毫无益处、令人疲倦、白痴一般的迷恋”之前,她也有其他事情要做。比如她似乎大半辈子一直在脑子里做的写诗这件事。可在经历了这次突发事件之后,她突然发现“这是另一种背叛——对凯蒂,对彼得,对生活。现在,她将要放弃另一样东西。”“一种罪恶。固执地四处寻觅关注对象,却没有关注孩子。一种罪恶”(门罗,2014b)[23]。于是,这次意外事件看似注定了格丽塔今后的选择和命运,就是彻底回归家庭。逃离中的意外事件和次要人物改变了叙事进程。事实上,门罗的创作非常善于引入一些看上去不重要的次要人物,从而改变叙事。门罗认为,生活总是充满了意外事件,因此她着迷于变化和事件的进程,小说的结构发展常常在文本间充满了暗示和线索。因此,门罗小说中的叙事发展往往由意外事件操控,而不是个人选择或是外部逻辑。人物在这些变化的影响中追寻人生方向,并经过痛苦的经历得到成长(Scurr,2012)[20]。

不过,这些看似偶然的意外与人物内心碰撞改变的叙事进程,乃至人物的生命进程,却又是人物的宿命。而这正是个体“自我”意识与“自性”追求之间的矛盾所造成的结果。荣格的人格理论认为,“每个人的人格都由‘自我’和‘自性’构成。其中,‘自我’是意识中心,是屈服于现实原则而压抑人的一部分人格特征,而‘自性’则是人的心理整体,是无意识的,具有整合性、秩序性、中心与完整性以及神圣与超越性。”荣格认为:“我们之所以能够形成个人的日常体验或主观经验,或者说能够作为独立的主体来知觉我们自己的思想、欲望和行动,是因为我们有一种内在的追求统一或完整的先天倾向性”(郭爱妹 等,2012)。如果说格丽塔的回归是她屈服于现实原则而受到压抑的部分人格特征,体现着她受到社会规范约束和限制的自我意识,那么她的一次次逃离就是“自性化”的过程,即“发展成为真正的自己”,成为一个具有完整精神世界的个体,是她内心情感自性的追求和表现。格丽塔一次次从原先的“自我”立场转变为后来更为超越的自性立场是一个脱离“自我”中心化的过程,即“原先孤立、防御式的‘自我’的主体之‘我’现在变成了兼顾

‘自我’和其他多种情结的整体”。在荣格看来，只有自性化的人才是一个真正“和谐的人”，因为“它意味着个体方方面面发展的和谐，意味着人身体和心理的和谐，意味着人的自然性、社会性和精神性的和谐，意味着心灵整体的和谐，意味着意识与无意识间的和谐，意味着成为那个原本就存在着的‘潜在的你’的整体的和谐”(郭爱妹 等，2012)。因此，格丽塔在逃离与回归之间的挣扎体现了主体“自我”和“自性”之间的矛盾，这种矛盾实质上是人面对痛苦与不幸的一种积极探索，看似被动的背后是人物精神世界的主动抉择。因此，小说中人物的逃离与回归始终存在一种悖论：一方面，人物逃离后大多回归，但永远不能真正安定下来；另一方面，逃离不成功还是要逃离。门罗小说所写的生活中的逃离总是伴随着自我发现、自我定义，揭示内心最深处的隐秘，探索未知领域，或者说，追寻中依然伴随迷失，迷失中依然追随。门罗这种创作的动机很可能在于“当时特定时代中的加拿大女性，她们生活的连续性不断被越来越多的社会变化、性别角色转变、传统家庭结构的瓦解所打破”(Cox，2004)[31]。在作家看来，发现真相，即使痛苦，也是一种成功。

三、人生主题与语言内敛反差的叙事风格

《亲爱的生活》中各个文本主题都很深重，伴随爱的丧失、痛苦，但是文本冷静克制的叙事风格使人物内心的压抑克制有一种说不出来的张力。门罗的故事都是悲剧，可是那种隐忍的写法让人更为揪心。其作品对于悲剧的表现风轻云淡，特别真实感人。一方面是人生的痛苦，另一方面却是失去也不能说出来的痛。人物面对丧失与痛苦时的克制与隐忍令人印象深刻。

《亚孟森》以青年女子薇薇安为第一人称叙事者，回忆了她大学毕业后任教于儿童肺结核疗养所期间，爱上医生福克斯，展开了一段浪漫情史，结婚前又遭到抛弃的经历。叙事者痛苦的灵魂之旅是《亚孟森》的主题。女孩内心强烈的痛苦与冷静克制的叙事语言形成强烈反差。文本多处透过主人公的内心独白直接表现她的痛苦。在对男医生产生

强烈感情时，女主人公想："我相信我可以为他躺在任何沼泽地或污泥坑里，或者如果他要求站着的话，我可以让自己的脊柱被挤压在任何路边的石块上面。"不过她却只是深深压抑自己的情感："我也同样知道我必须把这些感觉留在自己心里。"坐着男医生开的车前往车站时，感觉就像是"被赶往刑场"，"每一次拐弯都像从我剩下的人生中剪去了一块"（门罗，2014b）[57]。告别的时候，女主人公也多次表达了内心对于这段感情的不舍。在自己被抛弃前，她心中想着："我们。他刚才说我们。"然后，有一瞬间"紧紧地抓住这个词不放"，想着"这是最后一次了。最后一次我被包括在他说的我们里"（门罗，2014b）[57]。还有，"以后每当我看到和'磨溜冰鞋'告示上一样弯曲的字母S时，没法不听见他的声音响起。"到达车站等待火车带她离开时，她专门在候车室里挑了一张长凳坐下，为的是可以看见车站的前门，如果"他"回来的话就能看见。她甚至幻想着医生回来告诉她"一切都是一个玩笑。或者一个试验，就像中世纪的戏剧里那样"（门罗，2014b）[59]。"他突然意识到自己多么愚蠢，于是调转车头，飞快地开回来。"故事最后，离开车还有一个小时的时候，主人公心中还萦绕着幻想："至少还有一小时开往多伦多的火车才进站，但感觉已经几乎没有时间了。我仿佛戴着脚镣上了火车。当火车离站的哨声吹响时，我把脸贴在车窗上，目光扫过月台。甚至现在跳下火车也许还不算太晚。跳下火车，穿过车站，跑到大街上，而他刚在大街上停好车，正跑上台阶，一边想着还不算太晚，但愿不算太晚。我自己奔跑着去迎接他，不算太晚"（门罗，2014b）[59]。不过最终她却只是自己坐上火车离开伤心之地，前往目的地。这种人物内心强烈的情感与外在压抑的并置将文本主题表现得淋漓尽致。

门罗作品的语言具有很突出的文学性，容易激发起对于当下的想象。《亚孟森》在表现人物内心的感受时，运用了大量自然环境及景物意象描写象征或隐喻文本意义。首先，文本借由自然环境及景物描写表现人的情感。比如，文本前半部分通过自然环境描写表现女主人公爱上医生后的感受。"于我而言，那里的房子、树木和湖泊再也不会和我第一天看见时一样了，那天，我被它们的神秘和威严迷住了。在那一天我曾相信自己隐匿了行迹。现在看来那一切似乎都不是真实的。”而在女主人公被抛弃的当天，文本对于自然的描写是：“时节还太早，甚至金盏花都没有开。道路空寂而曲折，除了细瘦的黑色云杉和一片片蔓延的刺柏和沼泽之外，路边什么都没有”（门罗，2014b）[55]。这种描写可以说是对主人公命运与结局的预示。自然界和人们生活变化之间的对照、并置使文本充满了不确定性。其次，文本充满了象征、隐喻符号，对于自然的描写有所暗示，也突显了文本的深层意义。与自然的亲密关系植根在作为开拓者和定居者的加拿大人的经历中。《亚孟森》中的亚孟森小镇不仅覆盖着冰雪，寒冷刺骨，而且与挪威极地探险者亚孟森同名，富有深意。小镇亚孟森离多伦多只有两百公里，不过小镇和极地之间存在着很多联系。门罗在小说中运用极地探险的例子来隐喻人际关系，体现了门罗的风格。作品由此表现了主人公承担重要任务，不过有时却无法继续，被迫撤退的经历。和真正的极地探险者亚孟森不同，门罗的人物总是没有完成探险任务，在自己的人生目标上不断失败（Magdalena，2016）[47]。心理分析认为，意义都产生于缺失，比如就名字而言，我们自己失去的东西才需要命名。因此，可以说《亚孟森》探索了人精神中未知世界的意义。根据巴赫金的对话理论，叙事者与小说中人物都在进行历史与现实、过去自我和现在自我、生与死的对话（考克斯，2014）[43]。门罗正是透过冷静克制的写作风格将笔下的主人公矛盾但又理智的一面表现出来，这种内心的痛苦与外在的冷静形成一种矛盾与张力，真实地表现了现实生活，呈现出这样的主题，即面对人生中的痛苦与不幸，只有冷静忍受克制，慢慢蜕化、成长，继续生活下去。只是从此生活中始终会有痛苦的影子和痕迹存在。作品由此揭示了生活的本质。语言的冷静克制与主题的严肃深刻形成巨大反差，创造出充满生命力、发人深思的叙事风格。

此外，《亚蒙森》文本句法简单，以看似平淡的语言叙事表现出深厚的内涵意义。门罗认为，语言有时毫无力量，很多东西无法用语言表达，完全需要人们的想象和思考。因此，门罗的小说总是巧妙、内敛、隐秘，“其克制的文风、精彩的对话、对人物近乎病态的移情能力，使作家人格到故事展开很久以后才浮现出来”（Cox，2004）[34]，简单的语言背后蕴含深意。评论家说：“只有经历丰富的人才能体会门罗小说的深意和对生活的真实刻画，所表现的生活的短暂性与永恒性之间的悖论”（Cox，2004）[40]。这也体现了门罗的人生态度与非常真实、透彻的人生领悟：接受生活中一切的不幸，让生活就这样过下去。正如评论所言：“没有作家能够像门罗这样，透过最细微的姿势和语调的变化，描述爱的缺点、生活的困惑和挫折或是内心的残忍和欺骗。小说集很多地方有悖于传统创作原则，却再度确立了门罗的敏锐而清晰的风格，完美地掌握了短篇小说这一形式。没有人能够像门罗这样，以如此少的篇幅展示如此丰富的生活。小说每读一次都能发现新的地方。不妨将此书作为其创作诗学的总结”（Ciabattari，2012）。

《亲爱的生活》是门罗六十多年写作生涯的最后一部作品。门罗写的是短篇小说，但比很多长篇小说还要丰富。作家不断书写看似同样的主题，却又写出了多种多样的可能性。小说集发展了第一人称与多声部交融的复杂叙事，回忆性的多元视角使作家传统的逃离主题以多样化的叙事结构呈现出来，彰显了社会规则约束下自我意识与个体内心真正向往的自性追求之间的矛盾与悖论，简约凝练、冷静克制的叙事语言与宏大主题并置，形成反差。作品正是通过这三个层面的矛盾并置叙事，透过平凡的生活讲述了复杂的故事，将现实生活中人物情感的矛盾、无奈、复杂、痛苦、困惑表现得淋漓尽致，写法真挚感人，情感表达和现实刻画震撼人心。作品表现了痛苦经历对人一生可能产生的持久影响，让人思考失去和痛苦过后该何去何从，更传递了痛苦过后“关于爱，其实一切都没有改变”的重要讯息。正如作家本人在小说集后记中所说的：“在人生旅途中，所有事都不会像我们希望的那样。但最后，这都不重要。我们终将原谅这个世界，原谅我们自己。因为我们一直如此善意地对待生活”（门罗，2014b）。《亲爱的生活》是门罗创作生涯的集大成之作，突显了作家独特的叙事艺术和人生探索，表现了作家的深刻人生领悟与艺术书写。

从叙事学视角切入，展开对门罗不同时期小说主题与艺术表现及其变化的分析，可以看出，门罗小说的叙事艺术和技法主要体现在以下三方面：多重时空并存与交替下的记忆书写；叙事留白创造的不可靠叙事效果；隐喻与象征表现创作主题。此外，还有其他一些特点，如叙事中的大量“爱阅读”的女性形象的塑造等。作家透过独特的叙事艺术呈现出对于人生重要主题的理解与认知。

门罗作品叙事中，记忆书写占据重要位置。记忆是门罗创作的重要素材来源。她的创作大都围绕回忆中的事件或人物展开，或源于作家本人的亲身经历，或为她听说过或读到过的故事。可以说，通过记忆中的自我成长及人物命运透视，实现主体重构是门罗小说的特质之一。作家透过这些个人化的生命体验讲述，关注现代社会中生存主体的经历和体验，探索主体如何在特定社会、文化和历史语境中重构自我。

门罗的记忆书写不只是时间记忆、空间记忆，而是将空间记忆、时间记忆、交互记忆、物的记忆等多层记忆书写融入自我与他者的关系之中，融入自我的社会关系表现之中。因此，记忆书写所表现的自我重构，是对历史文化语境下主体的关照，是对作品折射出的社会体制、家庭社会伦理体系、价值体系的审度、审视，是作者认知自我、感知世界的方式，也是作者在不同历史语境下对人生价值和精神启迪的探索。

门罗首部小说集《快乐影子之舞》中有多篇关于母亲罹患帕金森病的故事。中期作品多以她记忆中听闻的故事和传说为素材，其中，《好女人的爱情》中的谋杀案就来自门罗早年在当地报纸上读到过的一则新闻报道。后期，门罗作品中的记忆书写注入了多元化的要素，将现实与想象融合在一起，形成了独特的多层记忆书写风格。

门罗作品中的叙事多涉及主体带着一定目的与内在自我、他者和社会历史的关系重构，即时间中的记忆与自我防御下的主体内在的本质重构、记忆流动性与主体与他者关系下自我精神升华的自我重构、社会文化语境下的记忆与在现实世界中妥协与反抗的自我重构等多个层面，着力表现特定社会、文化语境下个体的自我成长与重构。她的记忆书写从多个话语层面展开对于个体身份、困境与出路的探寻，重在揭示主体表层记忆背后的深层记忆，将记忆的真实与主体的想象融合在一起，呈现出多层记忆书写的特点，体现了作者透过多层记忆书写对个体生存状态的关注，对个体寻求自我人格独立完整过程中难以左右的力量的剖析以及对人类普遍心理诉求与复杂的分析。

门罗叙事中的另一个重要主题母女关系也透过作家精湛的叙事技艺展现得淋漓尽致。比如，在《乌得勒支的宁静》中，作家通过鲜明而突出的矛盾并置展现出叙事者本人对于母亲态度的变化：从年轻时的逃跑，转变为母亲去世后想要通过创作回忆、纪念母亲。对于和母亲的关系，门罗有着一种复杂的心理感受：对于没能更好地理解母亲而感到非常内疚，却又还是无法给予她足够的照顾。门罗承认小时候因为具有很强的自我意识，与母亲的关系不融洽，和母亲有很多冲突。她觉得和母亲的关系就是和一个病人作斗争，母亲从情感上掌控着一切。而在母亲去世后，门罗才回过头来思考与母亲的这种痛苦而深刻的关系。同时，小说所表现的女性的不同人生选择也反映了 20 世纪五六十年代加拿大女性，特别是乡村地区女性的社会地位与生存环境。全球范围内女性意识的萌发始于 20 世纪 60 年代，当时加拿大国家民族主义兴起，爆发了第二次大规模的妇女运动，目标是消除社会方面的性别歧视。门罗的作品于 20 世纪 60 年代开始出版，植根于加拿大西南部安大略的呼伦县，将从未描写过的家乡地貌和社会地理写入了文学地图。小说所呈现的女性命运与成长正是当时加拿大乡村地区女性的遭遇与诉求。因此，小说既是个人经历的书写，又是一部反映了社会意识的小说。小说是当时加拿大乡村女性生存状态的真实写照，富有重要的时代意义。门罗作为时代书写者的使命与创作也由此开启。

门罗被誉为“当代短篇小说大师”，关注她精湛的叙事技法以及如何透过叙事表现主题，对重新认识短篇小说的地位和价值富有启迪意义，可以唤起对这一类文体的关注。而立足于现实，阅读门罗讲述的“时代精神”，对认知当下的文学建构将有所启示。门罗的创作不是浪漫主义的张扬，也不是现代主义的焦虑，而是探索其所在时代的现实主义特征。作品扎根现实，注重心理刻画，语言朴实而洗练，具有很强的真实性。因此，门罗身为作家的真实性、贴近生活的创作态度、对现实世界的批判精神，对我国当代文学建构和现实的认知有启迪作用。

此外，门罗作品讲述的多是叙述者的个人历史，通过主体对现实世界的认知，将个人经历转换为记忆书写。不过与此同时，作家透过个体的自我叙述也表现了一个时代、一个民族，甚至是全世界人们的共同经验和一种心照不宣的情感关联。通过对作品个体叙事中透露出的历史叙事特质的分析，可以透视门罗作品及其创作演变背后的社会、历史因素，突显门罗小说丰富独特的民族文化内涵。

以本书门罗作品整体叙事特质和艺术研究为基础和起点，本书作者今后将围绕作家记忆书写与主体身份建构、逃离与回归这一重要母题进一步展开研究，拓展对作品中隐喻等后现代叙事技法的探索，深化对作家创作思想及产生影响的社会因素展开更为深入的探究与思考，也将进一步拓宽视野，把门罗置于世界文学的大背景中展开与其他作家创作的对比研究，在比较中加深对作家、对世界文学的认识和理解。

参考文献

布思，1987. 小说修辞学［M］. 华明，胡苏晓，周宪，译. 北京：北京大学出版社.

陈世丹，2005. 论后现代主义小说之存在［J］. 外国文学，2005(4)：26－30.

程锡麟，2009. 论《了不起的盖茨比》的空间叙事［J］. 江西社会科学，2009(11)：28－32.

程锡麟，2012. 书信、记忆、与空间——重读《赫索格》［J］. 外国文学，(9)：42－52.

崔东，2003. 记忆——乔治·艾略特人物个性的连续性展现［J］. 外国文学研究，(8)：68－72.

杜慧敏，2018. 门罗小说“逃离”主题的哲学思考——以《逃离》《机缘》三部曲为主要对象［J］. 湖北社会科学，(2)：156－157.

段红玉，2014. 超越男权话语的女性叙事——论门罗的女性成长小说《乞女》对灰姑娘模式的解构［J］. 东北大学学报（社会科学版），(1)：107－110.

费伦，2002. 作为修辞的叙事［M］. 北京：北京大学出版社：115.

弗洛伊德，2011. 精神分析新论［M］. 郭本禹，译. 南京：译林出版社：126.

福德姆，1988. 荣格心理学导论［M］. 刘韵涵，译. 沈阳：辽宁人民出版社：13.

傅琼，2014.《逃离》与《列车》中的女性书写［J］. 外语教学，(5)：84－87.

郭爱妹，陈晴钰，2012. 荣格分析心理学的女性主义解读［J］. 南京师范大学学报(社会科学版)，(3)：103－108.

何峰，2001. “别处”和“此处”的深刻错位——读米兰昆德拉《生活在别处》[J]. 当代外国文学，(2)：122－126.

黑格尔，1979. 精神现象学 [M]. 贺麟，王玖兴，译. 北京：商务印书馆.

胡全生，1998. 拼贴画在后现代主义小说中的运用 [J]. 外国文学评论，(4)：122 129.

黄希云，1996. 小说人称的叙述功能 [J]. 外国文学评论，(4)：12 17.

黄作，2005. 不思之说——拉康主体理论研究 [M]. 北京：人民出版社：108.

加洛蒂，1998. 论无边的现实主义 [M]. 吴岳添，译. 天津：百花文艺出版社：240.

姜海佳，张新木，2015. 莫迪亚诺笔下的生存困境与记忆艺术 [J]. 当代外国文学，(1)：121－129.

姜小卫，2007. 凝视中的自我与他者——保罗·奥斯特小说《纽约三部曲》主体性问题探微 [J]. 当代外国文学，(1)：25－32.

荆兴梅，刘剑锋，2011. 莫里森作品的历史记忆和身份危机 [J]. 当代外国文学，(1)：12－18.

凯西，伍迪，2002. 拉康与黑格尔——欲望的辩证法 [J]. 吴琼，译. 外国文学评论(5)：17－24.

恺蒂，2008. 莱辛的非洲情结[M]. 南京：译林出版社：5.

康燕茹，2014. 解读艾丽丝门罗《逃离》中的女性主义叙事手法 [J]. 语文建设，(8)：39－40.

考克斯，2014. 回音往复：艾丽丝·门罗小说《亲爱的生活》中的自我反思 [J]. 刘启君，译. 外国文学，(5)：50－61.

昆德拉，1993. 被背叛的遗嘱 [M]. 孟湄，译. 上海：上海人民出版社：41－46.

莱齐奥，2016. 想象与记忆 [J]. 施雪莹，译. 外国文学研究，(1)：11－15.

李国华，2013. 非理性的激情——谈艾丽丝·门罗的短篇小说集《逃离》[J]. 艺术评论，(11)：48－50.

李晖，2018. 尊严与逗趣——漫评石黑一雄小说《长日留痕》[J]世界文学，(3)：114－133.

李建中，尹玉敏，2014 . 弗洛伊德：爱欲与升华［M］. 北京：东方出版社：55.

李娟，2004. 转喻与隐喻——伍尔夫的叙述语言和两性共存意识［J］. 外国文学评论，(1)：18－24.

李钧，2015. 后主体的伦理学僵局：论《逃离》中的丧失主题［J］. 当代外国文学，(1)：106－111.

李伟，2014. 未治愈的创伤——解读《达洛卫夫人》中的创伤书写[J]. 外国文学，(1)：134－140.

龙丹，2014. 主体与镜像的辩证关系——镜像认同的三种样态［J］. 外国文学，(1)：109－117.

龙瑞翠，2014. 论《作者，作者》中主体与他者间的互凝视［J］. 当代外国文学，(4)：102－109.

龙云，2014. 事实的降格：《皮男人》中"拼贴"的后现代叙事特征［J］. 当代外国文学，(1)：3－9.

马斯洛，2018. 寻找内在的自我：马斯洛谈幸福［M］. 张登浩，译. 北京：机械工业出版社：7－41.

吕洪灵，2013.《到灯塔去》：回忆的再现与认知[J]. 外国文学研究，(8)：57－64.

门罗，2013a. 快乐影子之舞［M］. 张小意，译. 南京：译林出版社.

门罗，2013b. 女孩和女人们的生活［M］. 马永波，杨于军，译. 南京：译林出版社.

门罗，2013c. 爱的进程［M］. 殷杲，译. 南京：译林出版社.

门罗，2013d. 好女人的爱情［M］. 殷杲，译. 南京：译林出版有限公司.

门罗，2013e. 恨、友谊、追求、爱情、婚姻［M］. 马永波，杨于军，译. 南京：译林出版社.

门罗，2013f. 逃离［M］. 李文俊，译. 南京：译林出版社.

门罗，2014a. 我年轻时的朋友［M］. 周嘉宁，译. 南京：译林出版社.

门罗，2014b. 亲爱的生活［M］. 姚媛，译. 北京：北京十月文艺出版社.

蒲若茜，2006. 哥特小说中的伦理道德因素——以《修道士》为例［J］. 外国文学研究，(2)：11－14.

朴玉，2012. 多重记忆书写——论约瑟夫奥尼尔的《地之国 》［J］. 当代外国文学，(4)：87－96.

热奈特，1990. 叙事话语新叙事话语［M］. 王文融，译. 北京：中国社会科学出版社：17.

任冰，2014. 论艾丽丝·门罗的记忆书写［J］. 当代外国文学，(4)：133－137.

荣格，2018. 精神分析与精神治疗［M］. 康蕾，译. 北京：中国法制出版社：121－123.

芮渝萍，范谊，2007. 认知发展：成长小说的叙事动力［J］. 外国文学研究，(6)：1

沙鸥，2013. 欲望伦理——拉康思想引论［M］. 郑天喆，译. 桂林：漓江出版社. 15.

申丹，王丽亚，2010. 西方叙事学：经典与后经典［M］. 北京：北京大学出版社：116－175.

盛宁，2011. 现代主义现代派现代话语——对“现代主义”的再审视［M］. 北京：北京大学出版社：130－157.

束少军，2015. 记忆选择与伦理困境——评石黑一雄新作《被埋葬的巨人》［J］. 外国文学动态研究，(10)：99－103.

苏晖，1995. 焦虑探索回归——论索尔·贝娄小说主人公心理模式［J］. 外国文学研究，(4)：34－39.

苏欲晓，2010. 自我与他者：C. S. 刘易斯的文学批评观述评［J］. 外国文学评论（4）：128－142.

谭琼琳，邓瑛瑛，2018. 心灵的慰藉：记忆的复调性与风景的多维性［J］. 外国文学研究，（2）：47－60.

王炳钧，2006. 空间、现代性与文化记忆探问［J］. 外国文学，（4）：76－87.

王成军，2002. 论时间和自传［J］. 外国文学评论，（8）：74－80.

王丽丽，2003. 追寻传统母亲的记忆：伍尔夫和莱辛比较研究［J］. 外国文学研究，（4）：39－44.

王卫新，2012. 英国文学批评史［M］. 上海：上海外语教育出版社：71.

王卫新，隋晓荻，2011. 英国文学批评史［M］. 上海：上海外语教育出版社.

王欣，2013. 见证和记忆：《父亲们》中的叙述困境［J］. 外国文学研究，（2）：126－133.

王阳，1999. 第一人称叙事的视角关系［J］. 国外文学，（1）：15－21.

翁冰莹，冯寿农. 试论莫迪亚诺“既视”式的记忆艺术［J］. 外国文学研究，（2）：71－81.

伍尔夫，2003. 普通读者［M］. 马爱新，译. 北京：人民文学出版社：127－128.

肖明翰，2001. 英美文学中的哥特传统［J］. 外国文学评论，（2）：16－19.

谢芳，2006.《任务》的拼贴特征探析［J］. 外国文学研究，（3）：94－99.

杨金才，2015.《幸福过了头》：叙述中的错位与记忆［J］. 国外文学，（1）：112－117.

殷杲，2013. 好女人的爱情：欢迎进入门罗的世界［N］. 西安晚报，2013－12－02.

殷启平，高奋，童燕萍，2001. 英国小说批评史［M］. 上海：上海外语教育出版社：18.

袁霞，2016. 艾丽丝·门罗的阶级意识［J］. 外语教学，（3）：70 74.

张德明，1999. 从“他者”意识到“类本位”意识——试述后殖民时代的

批评新观念 [J]. 浙江学刊，(11)：3－5.

张德明，2001. 多元文化杂交时代的民族文化记忆问题 [J]. 外国文学评论，(8)：11－16

张虎，2015. “未来如肮脏的树叶”——《逃离》中的“一瞬间”与存在主义[J]. 外国文学动态，(6)：29.

张剑，2011. 西方文论关键词——他者 [J]. 外国文学，(1)：118－127.

张隆溪，2008. 记忆、历史、文学 [J]. 外国文学，(1)：65－69.

赵晶辉，2015.《爱的进程》：现实主义叙事中的后现代维度 [J]. 当代外国文学，(4)：117－124.

赵军涛，2016. 门罗《逃离》中的叙事时间策略 [J]. 外国文学，(4)：72.

周庭华，2014. 逃离抑或回归——门罗的恶《逃离》对传统家庭伦理的反思 [J]. 外国文学，(3)：120－122.

周怡，2014. 艾丽丝·门罗：其人其作其思 [M]. 广州：花城出版社：68.

周怡，2015. 从艾丽丝·门罗看加拿大文学——罗伯特·撒克教授访谈[J]. 英语研究，(1)：1－8.

邹容，2016. 自我探寻与历史记忆 ——《长崎》的叙事空间和隐喻空间 [J]. 外国文学动态研究，(4)：52－56.

大森荘蔵，1999. 流れとよどみ—哲学断章— [M]. 東京:産業図書.

内田樹，2005.『死亡と身体:交流と場所』[M]. 東京：医学分院.

向井雅明，2017. ラカン入門 [M]. 東京:筑摩書房.

中村雄二郎，2007.『共通感覚論』[M]. 東京：岩波書店.

ALBERTAZZI A, 2010. A comparative essay on the sociology of literature: Alice Munro's "unconsummated relationships" [J]. Journal of the short story in English,(55):1－14.

AWABI L D, DICKLER L, 2006. Appreciations of Alice Munro [J]. Virginia quarterly review,(3):91－107.

BARBER L, 2016. The survival:Alice Munro and the Canadian gothic [J]. Journal of story in English,(55): 143－156.

BERGSON H,1996. Matter and memory [M]. N. M. Paul and W. S. Palmer, trans. New York:Zone Books.

BLODGETT E D, 1988. Alice Munro [M]. Boston: Twayne Publishers.

CIABATTARI J, 2012. *Dear life* by Alice Munro [N]. Boston Globe:November 17.

COX A, 2004. Alice Munro [M]. London: Northcote House Publishers Ltd.

DUFFY D, 2015. Alice Munro's narrative historicism [J]. American review of Canadian studies,(2):196 - 207.

DUNCAN I, 2006. Disparity and deception in Alice Munro's *Lichen* [J]. British Journal of Canadian studies,(2):61 - 74.

DUNCAN I, 2011. Alice Munro's narrative art [M]. New York: Palgrave Macmillan.

FRANCESCONI S, 2009. Memory and desire in Alice Munro's stories [J]. Textus,(XII):341 - 360.

GERLACH J, 2007. To close or not to close: Alice Munro's *The Love of a Good Woman* [J]. Journal of narrative theory,(1): 20 - 26.

ISEN W, 1971. The implied reader: patterns of communication in prose—fiction from Bunyan to Beckett [M].. Baltimore and London: The John Hopkins University Press.

JOYCE J, 1944. Stephen hero [M]. London: Jonathan Cape.

JAMES H, 1979. The art of fiction—*The Norton Anthology of American Literature* [M]. New York and London:W. W. Norton and Company.

KELLAWAY K, 2013. *Dear life* by Alice Munro-review [N]. The Guardian, December 28.

KOJEVE A, 1969. Introduction to *The Reading of Hegel* [M]. Ithaca and London:Cornell University Press.

LACAN J, 1977. A selection [M]. Alan Sheridan, trans. New York and London: W. W. Norton & Company.

MAGDALENA L, 2016. Missions and explorers: "amundsen" as a key to reading Alice Munro's other stories in *Alice Munro: understanding, adapting and teaching* [M]. Springer.

MARTIN W R, 1987. Alice Munro: paradox and parallel [M]. Edmonton: University of Alberta Press.

MCCOMBS J, 2000. Searching bluebeard's chambers: grimm, gothic, and Bible mysteries in Alice Munro's *The Love of a Good Woman* [J]. American review of Canadian studies, (3): 327 - 348.

MCCAIG J, 2002. Reading in: Alice Munro's archives [M]. Waterloo: Wilfrid Laurier University Press.

MUNRO A, 1983. Dance of happy shades [M]. Toronto: Penguin.

MUNRO S, 2011. Lives of mothers & daughters: growing up with Alice Munro [M]. Toronto: McClelland and Stewart.

MUNRO A, 2013. Dear life: stories [N]. Vintage Books.

NUNES M, 1998. Postmodern "piercing": Alice Munro's contingent ontologies [J]. Studies in short fiction, (1): 11 - 16.

ROSS C S, 2002. Too many things: reading Alice Munro's *The Love of a Good Woman* [J]. University of Toronto Quarterly, (3): 768 - 810.

ROTHSTEIN M, 1986. Canada's Alice Munro finds excitement in short story form [N]. The New York Times: November 10.

SAMPSON D, 2016. Alice Munro's *Dance of the happy shades* [M]. Oxford: Oxford University Press.

SANTOS J, 2002. Postmodern challenges in Alice Munro's short fiction: issues of language and representation [J]. New challenges in language and literature: 265 - 273.

SCURR R, 2012. *Dear life* by Alice Munro: review [N]. The

telegraph book reviews:11－21.

SULLIVAN R, 1984. Introduction to stories by Canadian women [M]. Toronto: Oxford University Press.

THACKER R, 2005. Alice Munro: writing her lives [M]. Toronto: McClelland & Stewart.

THACKER R, 2015. Introduction: "the genius of Alice Munro" [J]. American review of Canadian studies,(2):144－147.

TOLAN F, 2010. To leave and to return: frustrated departures and female quest in Alice Munro's runaway [J]. Contemporary women's writing,(3).

附录:门罗作品表

1 **《快乐影子之舞》**(1968)

15 个短篇:《沃克兄弟公司的牛仔》《发光的房子》《印象》《谢谢搭载》《办公室》《一盎司的治疗》《死亡时刻》《蝴蝶日》《男孩和女孩》《明信片》《红裙子 1946》《星期天下午》《海滩旅行》《乌得勒支的宁静》《快乐影子之舞》

2 **《女孩和女人们的生活》**(1971)

8 个短篇:《弗莱兹路》《活人的继承者》《艾达公主》《信仰年代》《仪式之变》《女孩和女人们的生活》《受洗》《结局:摄影师》

3 **《我想对你说的事》**(1974)

13 个短篇:《我想对你说的事》《材料》《我怎样遇见我的丈夫》《在水面行走》《家族的原谅》《告诉我同意还是不同意》《找到的船》《刽子手》《马拉喀什》《西班牙贵妇》《冬天的风》《纪念物》《渥太华山谷》

4 **《你以为你是谁》**(1978)

10 个短篇:《皇家暴打》《特权》《半个葡萄柚》《野天鹅》《乞女》《恶作剧》《远见》《西蒙的运气》《拼写法》《你以为你是谁》

5 **《木星的月亮》**(1982)

11 个短篇:《钱德勒家族和弗莱明家族》《达尔斯海藻》《火鸡季节》《意外》《巴顿汽车站》《蒲露》《工作日午餐》《克劳斯夫人和基德夫人》《一连串不走运的故事》《访客》《木星的月亮》

6 **《爱的进程》**(1986)

11 个短篇:《爱的进程》《苔藓》《法国红帽子先生》《英里城蒙大拿州》《发作》《橙子街道溜冰场的月亮》《杰西和梅瑞柏斯》《爱斯基摩》《古怪性情》《祈祷者的圈子》《白垃圾》

7 **《我年轻时的朋友》**(1990)

10 个短篇:《我年轻时的朋友》《五个要点》《梅奈斯镗》《抱紧我别

让我走》《橘子和苹果》《冰的照片》《善良与仁慈》《哦还剩下什么》《不一样的》《假发时间》

8 **《公开的秘密》**(1994)

8个短篇:《情迷》《真实的生活》《阿尔巴尼亚处女》《公开的秘密》《杰克·让达旅馆》《荒野车站》《宇宙飞船已着陆》《破坏者》

9 **《好女人的爱情》**(1998)

8个短篇:《好女人的爱情》《雅加达》《科尔特斯岛》《拯救收割人》《孩子留下》《臭有钱》《变动之前》《我母亲的梦》

10 **《恨、友谊、追求、爱情、婚姻》**(2001)

9个短篇:《恨、友谊、追求、爱情、婚姻》《浮着的船》《家庭装修》《安慰》《烦恼》《支柱和横梁》《留存的记忆》《奎妮》《山那边的熊》

11 **《逃离》**(2004)

8个短篇:《逃离》《机缘》《匆匆》《沉默》《激情》《侵犯》《诡计》《法力》

12 **《城堡岩石的风景》**(2006)

12个短篇:《无优势》《城堡岩石的风景》《伊利诺斯》《莫瑞斯乡的荒野》《为了谋生》《父亲们》《躺在苹果树下》《雇佣女孩》《票》《家》《你为什么想知道》《信息》

13 **《幸福过了头》**(2009)

10个短篇:《维度》《虚构小说》《温洛克边界》《深洞》《自由的激进分子》《脸》《一些女人》《孩子的游戏》《木头》:《幸福过了头》

14 **《亲爱的生活》**(2012)

14个短篇:《漂流到日本》《亚孟森》《离开梅福里》《砂砾》《庇护所》《骄傲》《柯瑞》《火车》《湖景在望》《多莉》《眼睛》《夜晚》《声音》《亲爱的生活》

后　记

本书为作者承担的陕西省社会科学基金项目“叙事学视域下的艾丽丝·门罗小说研究”(2016J008)的最终成果。

本书基于个人对门罗文学的初步理解,结合已发表的该领域的相关论文及其他有关论述完成。本书的写作过程也是个人逐步深入理解门罗女士这位独特、坚韧、深刻的作家的人生经历及其文学创作的一次难忘的体验。身为女作家,门罗对于写作的热爱和坚持令人触动,鼓舞着本人对其创作的关注和思考,希望能够用本书向作家致以最深的敬意。

本书的写作和出版得到众多师友的关怀和帮助。感谢西安交通大学外国语学院霍士富教授从论文写作到成书一路给予的鼓励和帮助;感谢外国语学院桑仲刚教授对书稿的审阅和建议;感谢西安交通大学人文与社会科学学院常龄方老师自博士以来始终给予的陪伴、支持和鼓励,以及对本书出版的帮助;感谢人文与社会科学学院张勇教授、好友赵永亮一直以来的帮助。本书还受到西安交通大学人文社科出版基金的支持,在此特别感谢交大社科处谢志锋、李红老师的帮助。西安交大出版社王斌会老师、蔡乐芊老师为本书出版付出了很多心血,在此向你们致以衷心的感谢。

本人希望今后能够继续坚持对门罗文学的研究,取得更好的成果,致敬这位伟大的作家,也盼望能够在文学研究的道路上坚持下去,不负诸位师长、好友的期盼与支持。